Dominī Sēcrētum

Dominī Sēcrētum

A Latin Novella

Rachel Beth Cunning

Bombax Press
2020

Dedication

Medicīs quī omnēs aegrōs hominēs cūrant

Table of Contents

Preface

Romans did not view slavery with the same moral repugnance that we do today. Slavery was also ubiquitous in the ancient world. Reduced to its most basic element, slavery is both dehumanizing *and* intended to be so. Romans sold conquered people into slavery, and pirates and brigands also captured and sold free men, women, and children into slavery. Slavery was about power and control, and slaves had few—if any—rights because these enslaved people had become property, not quite people.

That does not, however, mean that enslaved people blithely accepted their fate. Aquilinus is a fictional enslaved character who greatly desires his own freedom and the freedom of those in his family. Like many slaves, Aquilinus saves what money he can from side gigs in the hope of one day purchasing his and his family's freedom. Others ran away, or tried to. Some very likely resisted more passively, like not cooking a particularly great dinner as Euphemia does. Others may have more or less accepted their status as slaves and tried to win their master's favor to earn some kind of benefit.[1]

Regardless of how enslaved people grappled with the emotional and physical realities of their enslavement, slavery was a harsh reality of the Roman world. Ignoring that reality is a disservice to our students.

The Setting of Dominī Sēcrētum

Aquilinus is a 16-year-old youth whose father Ferox fought at the battle of Atuatuca, which took place in 54 BCE.[2] At a minimum, Aquilinus' age and the date of the battle means that this story could occur in 38 BCE. This, however, pushes the timeline rather aggressively for Aquilinus' father to have been captured and sold as a slave, for him to have fallen in love with

---

[1] For more information on slavery, please read the Appendix on Slavery on page 104.

[2] For more information on Atuatuca, please read the Appendix on Atuatuca on page 108.

Euphemia, and for Aquilinus to have been born as a result.

At the latest, this story could have been set before 4 CE when the *Lex Aelia Sentia* was passed. Among other restrictions, this law banned the manumission of slaves before the slaves had turned 30 years old. As such, the possible dates for the story are between 38 BCE and 4 CE—quite the tumultuous time for Rome. Given the primacy of Atuatuca to the storyline, though, it is more likely that it occurs during the second triumvirate, which ended in 33 BCE.

Beyond the battle of Atuatuca and a general reference to elections, though, *Dominī Sēcrētum* does not mention any contemporary political events, like Julius Caesar's assassination or the rise of his adopted son Octavian. Aquilinus' problems are more immediately pressing to him than the dangers of the Roman political scene. In other words, Aquilinus' focus is elsewhere, on his family, not on iconic events in Roman history.

About the Vocabulary

This story is intended for use in Latin II or Latin III in a four-year program in high school. It is also appropriate for extensive reading by these same students, university-level Latin students, or even teachers.

I wrote this novella with the goal of limiting vocabulary to further students' ability to read and comprehend the story independently. I made extensive use of both *Dickinson College Commentaries' Core Vocabulary* as well as *Essential Latin Vocabulary*. I aimed to have as many words as practicable appear in these two lexical resources to ensure that students who are reading this novella are being exposed to high frequency words in Latin literature. Although not all words appear in these two resources, I did make careful decisions about which vocabulary to include or excise based on these lists and chose between synonyms based on which word occurs more often in Latin literature.

As such, it's appropriate for me to outline the overall words that my novella does use. *Dominī Sēcrētum* is about 8,000 words long, and it uses 222 total words to encompass that length.

Of those 222 words, 42 are glossed words that do not appear frequently, 18 are proper nouns like names of people or cities, and 26 additional words are words I consider to be clear cognates that are also used infrequently. (I do use other words that are cognates beyond those 26, but they are higher frequency in this novella.) Students, then, need to have a rich, deep understanding of 136 words to read this novella.

An important note: I made the conscious desicion to not use *vēneō, vēnīre*, meaning to go on sale, which was used classically. Instead, I used the passive form of *vēndō, vēndere*, meaning to sell, which is commonly attested after Seneca's time (which one of my editors assures me). This choice was entirely rooted in what would be the most comprehensible and least confusing to students given how common *veniō, venīre* is in novellas and in textbooks. Using the older form *vēneō* would have been nigh well disastrous in terms of comprehensability.

About the Images

The artwork included in this novella is in the public domain in both the United States and the country of origin where the copyright term is the author's life plus 100 years or less. If you are interested in learning more about any of the images used in this book, please consult the bibliography to locate additional information about the artwork.

Beyond the interior artwork, I am grateful to my neighbor and friend Linda Renaud of www.lindarenaud.net for her time that she spent photoshopping an image I found in the public domain. I am lucky to have such a delightful neighbor who is so willing to offer a helping hand.

In addition, I am very aware that the cover image does not depict a Roman soldier. If you've ever seen my one-word pictures, you would know instantly that I am no artist. I rely on public domain images and thought the image was an engaging way to suggest core themes in the book about bravery and sacrifice.

Acknowledgements

I am indebted to my editors for their careful attention to detail. Without them, I would not have written as clean of a book and would never have been comfortable publishing it. The knowledge that I can rely on other pairs of eyes in addition to my own is a comfort. No one can write alone, and I am no different from anyone else who has relied upon the comments and guidance of an editor. I am so lucky to have grown as a Latin writer with these wonderful friends and colleagues as my editors.

Will Sharp continues to be a fantastic editor who is willing to check on errant macrons as well as to delve deeper into thorny grammatical questions. His attention to detail is frankly astonishing. I had to reread one of his suggestions twice before I realized that, yes, I had indeed mispelled scrīpserat as scrīsperat. His expertise is invaluable.

Arianne Belzer is one of my closest friends. She's willing to offer constructive feedback to improve the storyline and to dive deep into grammatical issues that make me feel slightly woozy and cross-eyed. Even when she makes wording suggestions that I ultimately don't take (usually due to my desire to limit the word count), she is a cheerful and thorough editor whose advice I am profoundly grateful to have received.

Tim Smith is my colleague at Loveland Classical Schools and the culinary genius behind *Coquamus*. Whenever I want to know how to express a gastronimical concept, he's my go-to person. Alas, I don't describe food in much detail beyond describing it as *optimus* in this novella, but Tim is still a great editor whose whose feedback is always helpful. I am grateful to have his feedback on this novella, in particular, his advice on how to tweak the opening chapter.

And, of course, my husband Lee Dixon is my best friend and my first reader and my biggest cheerleader. Although he would be the first to admit he's not particularly skilled at editing, I am grateful to have him as my first reader of this novella. I am particularly grateful to him on this novella as we brainstormed together some of the critical plot points while driving to go hiking in our neighborhood. Thank you for helping me create this story and improving it with your ideas.

About Bombax Press

Bombax Press publishes engaging Latin novellas for students at different levels in their Latin coursework. All stories are set within the Roman world or within its mythology. Teachers can use these novellas instructionally to supplement an established curriculum or as part of a Free Voluntary Reading program. Latin students or others who have studied the language may also enjoy these novellas for independent reading outside the classroom. These Latin novellas follow the principle of sheltering the vocabulary, but not the grammar.

For more information, please also visit www.bombaxpress.com. If you wish to reach me, you may reach me via email at rachel.b.cunning@bombaxpress.com.

Available Titles

Cupido et Psyche: A Latin Novella

>Level: Latin III/IV
>Total Word Count: 8,800
>Total Unique Words: 350
>Working Vocabulary: 253

Īra Veneris: A Latin Novella

>Level: Latin III/IV
>Total Word Count: 11,000
>Total Unique Words: 334
>Working Vocabulary: 250

Mēdēa et Peregrīnus Pulcherrimus: A Latin Novella

>Level: Latin III
>Total Word Count: 7,500
>Total Unique Words: 237
>Working Vocabulary: 160

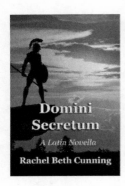

Dominī Sēcrētum: A Latin Novella
  Level: Latin II/III
  Total Word Count: 8,000
  Total Unique Words: 222
  Working Vocabulary: 136

Forthcoming in 2020

Fabulae Brēvēs dē Deīs Rōmānīs
Level: Latin I

Persōnae

Aquilinus is a 16-year-old slave who was born at Rome. He is an artisan who makes statues. His name is derived from the word *aquila*, which means eagle.

Euphemia is Aquilinus' mother and a Greek slave in Valens' house. She is a cook. Her name means to use words of good omen.

Ferox is Aquilinus' father and a Gallic slave in Valens' house. He was a chieftain in a Gallic tribe before becoming enslaved in the Gallic War. His name means ferocious.

Valens is a wealthy Roman who owns Aquilinus, Euphemia, Ferox, Nicomedes, and Brutus. He has a terrible secret that he doesn't want anyone to know. His name means strong.

Nicomedes is a Greek slave who has tried to run away several times. He wears a metal slave collar. He knows how to read and to write. His name means victory and to think or plan.

Brutus is a slave who acts as a doorkeeper and bodyguard for Valens. His name means heavy and dull; we get the word brutal from it.

Salvius is a wealthy Roman who is Valens' rival. They are both competing rivals in an election. His son, Marcus, died in the Gallic War. His name means safe.

Marcus is Salvius' son who was killed by Gauls in the war.

Mariana is a slave in Salvius' house. She is a cook.

Capitulum I

Rōmānī servī semper sciēbant dominī sēcrēta. Ego, autem, nescīveram dominī maximum sēcrētum. Ego certē nesciēbam patrem meum scīre dominī maximum sēcrētum. Esse servus erat difficillimum, sed ego habitābam cum familiā meā. Nōs in domō magnā dominī Rōmae habitābāmus, sed nōs habēbāmus nihil nisi nostrum **pecūlium**.[3]

Aquilīnus erat servus Rōmae (Boucher).

Servus eram quia māter et pater servī erant. Ego nātus sum servus, et māter etiam nāta erat serva. Meus pater, autem,

---

[3] A small savings

in Galliā līber nātus erat. Pater in bellō captīvus fuerat, et tum servus erat.

"Aquilīne! Aquilīne! Venī!" māter, quae erat in culīnā, clāmāvit.

Ego īvī ad culīnam quia māter mea voluit mē. Māter mea erat coqua optima, et semper in culīnā erat. Nōs mox **ēsūrī erāmus**[4] cibum optimum quia celebrābāmus **Sāturnālia**![5] Ego semper bonum cibum bonum edēbam, sed ego rārē cibum optimum ēdī!

"Quid vīs, māter?" ego rogāvī.

"Fer cibum ad trīclīnium. **Iō Sāturnālia**!"[6] māter clāmāvit.

"Iō Sāturnālia!" ego clāmāvī.

---

[4] We were about to eat

[5] Saturnalia is a Roman holiday. For more information, see the Appendix on Saturnalia on page 102.

[6] Romans said "Io Saturnalia" as a holiday greeting and exclamation.

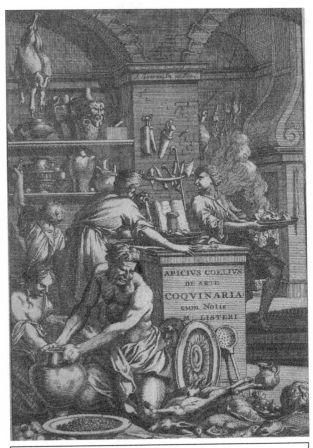

Māter Aquilīnī erat Euphēmia, et Euphēmia erat optima coqua in culīnā (Apicius).

Sāturnālibus, licēbat nōbīs cibum in trīclīniō edere. Sāturnālibus, nōs poterāmus **fingere**[7] nōs esse līberōs. Sāturnālibus, licēbat nōbīs dīcere omnia, sed servī rārē multum dīcēbant.

---

[7] To imagine

3

Servī rārissimē omnia dīcēbant. Noster dominus nōs pellere poterat **etiamsī**[8] omnia dīcere nōs poterāmus. Dominus nōn benignus erat, sed sevērus.

Ego cibum ad trīclīnium tulī, et māter etiam cibum ad trīclīnium tulit. Brūtus in trīclīniō nōn erat, sed in trīclīniō erant dominus noster Valēns, meus pater Ferōx, et Graecus servus Nīcomēdēs, quī sciēbat legere et scrībere. Quā dē causā ego etiam sciēbam legere et scrībere. Dominus Valēns, autem, nesciēbat mē scīre legere et scrībere. Ego nolēbam Valentem scīre! Erat sēcrētum meum. Servī sēcrēta etiam habēbant!

Nīcomēdēs erat Graecus servus quī sciēbat scrībere et legere (Portrait).

"Iō Sāturnālia!" Nīcomēdēs clāmāvit.

---

[8] Even if

Meus pater *Iō Sāturnālia* nōn clāmāvit. Sāturnālia patrī nōn erant **diēs**[9] optimī quia is nōn līber erat. Pater meus adhūc erat servus, et nōlēbat **fingere**[10] sē līberum. Volēbat esse līber! Pater meus īrātus esse vidēbātur, sed ego putābam Sāturnālia esse **diēs**[11] optimōs.

Sāturnālibus, Rōmānī servī cum dominō in trīclīniō poterant reclīnāre et optimum cibum edere poterant (OpenClipart-Vectors).

Dominus cibum cēpit, et tum nōs omnēs cibum cēpimus. Nōs reclīnāvimus. Nōs numquam in trīclīniō reclīnābāmus nisi

[9] Days
[10] To imagine
[11] Days

Sāturnālia erant. Pater, autem, nōn reclīnāvit quia erat **Sāturnālicius prīnceps**.[12] Pater nōlēbat esse Sāturnālicius prīnceps quia Gallus erat, nōn Rōmānus. Nōlēbat celebrāre Sāturnum et nōlēbat esse Sāturnālicius prīnceps quia pater superbus Gallus erat, non stultus. Valēns, autem, rīserat et dīxerat patrem esse Gallum prīncipem. Quā dē causā, pater erat Sāturnālicius prīnceps... et īrātus.

"Hīs Sāturnālibus, celebrāmus Sāturnum. Dīcimus quid velimus dīcere. **Nōs fingimus**[13] nōs esse līberōs. Quia ego sum Sāturnālicius prīnceps, ego possum rīdēre omnēs et dominum nostrum," pater dīxit.

Pater Aquilīnī erat Ferōx, et Ferōx īrātus erat (OpenClipart-Vectors).

Ego spectāvī mātrem, et māter vidēbātur esse

---

[12] This phrase is often translated as the Leader of Saturnalia or even the Lord of Misrule. This individual was a kind of master of ceremonies for the Saturnalia festival. The *Saturnalicius Princeps* was often a slave of lower status in the household and was in charge of making fun of people and commanding people to be ridiculous. For more information, see the Appendix on Saturnalia on page 102.

[13] We imagine

timida. Māter nāta erat serva. Māter sciēbat
quid posset dīcere dominīs et quid dominī
vellent audīre. Māter nōn rīdēret dominum
nostrum quia Valēns sevērus erat.

Pater adhūc nesciēbat quid dominīs dīcere
posset. Pater adhūc īrātissimus erat quia is
nōlēbat esse servus. Pater fortasse nōn iam
poterat ferre esse servus... Ego spectāvī
dominum nostrum. Valēns īrātus esse
vidēbātur, sed hī **diēs**[14] erant Sāturnālia! Pater
certē poterat dīcere quid vellet... Nōnne?

Ferōx clāmāvit, "Dominus noster est Valēns,
sed hic vir Valēns nōn est *valēns*. Valēns est
timidus quia cibum ad trīclīnium ferre nōn
poterat. Nōs ferimus cibum ad trīclīnium!
Valēns est vir cui necesse est habēre servōs
valentēs! Valēns est timidior quam servī, et
servī fortiōrēs sunt quam Valēns!"

"Hahahae. Satis est, Ferōx. Edāmus et
celebrēmus," Valēns īrātē dīxit.

Pater, autem, nōn audīvit. Nōn erat satis patrī
meō. Pater etiam īrātus erat. Pater nōlēbat
edere et celebrāre. Pater certē satis dominō

---

[14] Days

dīxerat, sed pater volēbat dīcere plūs dē
dominō! Quid pater dīceret?

Ferōx rīsit dominum
Valentem, et Valēns
īrātus erat (OpenClipart-
Vectors).

Capitulum II

Pater multum dīxerat, et ego nunc eram timidus. Ego spectāvī dominum nostrum. Valēns multō īrātior vīsus est. Nīcomēdēs etiam nunc timidus vīsus est, sed māter timidior quam Nīcomēdēs vīsa est. Pater, autem, superbus vidēbātur. Vidēbātur īrātissimus... et līber.

"Valēns nōn est *valēns* mīles. Nōn potest pugnāre in bellō. Valēns est timidus, nōn fortis! Tū, domine, nōn es valēns, sed timidus! Nōn, tū es timidissimus! Ego sciō quam *valēns* tū sīs! Ego vīdī tē in bellō! Ego sciō quid ēgerīs! Sciō sēcrētum tuum!" Ferōx clāmāvit.

Subitō, noster dominus nōn reclīnāvit et nōn ēdit, sed quam celerrimē et īrātissimē patrem pellēbat.

9

"**Mendāx!   Furcifer!**"[15]   Valēns   clāmāns patrem pepulit.

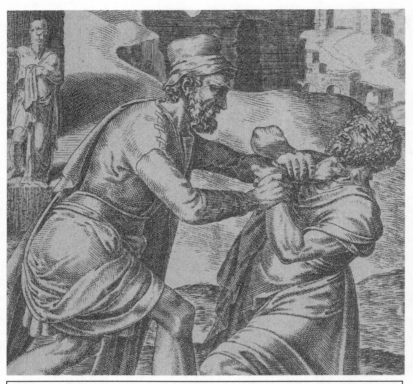

Subitō, Valēns patrem Aquilīnī pepulit (Volckertsz).

Ego timidus eram, et māter et Nīcomēdēs etiam timidī erant. Pater numquam pulsus est quia erat fortior quam Valēns. Valēns, autem,

---

[15] Liar! Scoundrel!

nunc patrem pellēbat. Ego ēgī nihil quia timidissimus eram, sed ego spectābam...

"Ferōx, nōlī pellere dominum!" māter clāmāvit.

Pater, autem, mātrem nōn audīvit, et is Valentem pepulit. Pater erat superbus Gallus mīles, et nōlēbat pellī ā dominō timidō.

Nīcomēdēs mē cēpit, et mē ad cubiculum ferre volēbat dīcēns, "Venī mēcum, Aquilīne. Nōlī spectāre!"

Valēns baculum cēpit et patrem Aquilīnī baculō pepulit (Tanjé).

Ego nōluī īre ā trīclīniō et ā patre et ā mātre, et ego omnia spectāvī.

Valēns **baculum** cēpit, et is patrem **baculō** pepulit. Pater meus **cecidit**.[16] Māter clāmābat, et Valēns patrem adhūc pellēbat. Nīcomēdēs mē ā trīclīniō tulit.

---

[16] Fell

11

"Ī, Aquilīne, ī celerius! Ad cubiculum!" Nīcomēdēs clāmāvit.

Nīcomēdēs tum īvit ad trīclīnium, clāmāns, "Euphēmia! Ferōx! Ferōx, nōlī Valentem pellere!"

Ego audīvī Valentem clāmantem, "Brūte! Venī celeriter!"

Īrātissimus eram, et ego timidus eram. Ego nōluī īre ā patre et ā mātre. Ego nōluī īre ad cubiculum,

Brūtus Valentem semper dēfendēbat (Lindner).

sed ego īvī. Cūr pater dīxerat omnia? Et quid erat hoc sēcrētum dominī? Cūr īrātissimus Valēns erat? Et hoc erat **magnī mōmentī**:[17] Quid noster dominus patrī meō āctūrus erat?

Ego nescīvī quid dominus ēgerit quia ego eram in cubiculō et mater, pater, et Nīcomēdēs numquam vēnērunt.

---

[17] Of great importance

Euphēmia, Ferōx, et Nīcomēdēs ad Aquilīnum nōn
vēnērunt, et Aquilīnus nescīvit quid dominus ēgerit
(Sadeler).

13

Capitulum III

Quid noster dominus patrī meō ēgerat? Ego nescīvī quia necesse erat mihi īre ad faciendum

statuam. Ego eram servus, sed etiam eram statuārius quia ego faciēbam statuās. Ego faciēbam multās statuās, et multae statuae etiam erant magnae. Ego faciēbam statuās dominō meō et amīcīs dominī. Quia ego eram servus, hī virī et hae fēminae numquam pecūniam mihi dedērunt.

Aquīlinus erat statuārius quia faciēbat statuās (della Bella).

Dominus Valēns, autem, dīxerat mē posse facere statuās virīs et fēminīs quī nōn essent amīcī eius et nōn essent clientēs. Hī virī et fēminae pecūniam mihi semper dedērunt. Ego nunc faciēbam statuam virō quī pecūniam mihi dabat. Ego semper hanc pecūniam in nostrō pecūliō posuī. Nōs volēbāmus hōc pecūliō emere nōs. Nōs essēmus līberī. Nostra familia nōn magna erat, sed habēre satis pecūniae adhūc difficillimum erat.

Virī et fēminae pecūniam Aquilīnō dedērunt quia fēcit statuās bonās (Openclipart-Vectors).

Ego īvī domum, et ego spectāvī dominum. Timidus ego eram quia dominus īrātus et laetus vidēbātur. Quid dominus patrī meō ēgerat?

"Tūne statuam fēcistī?" Valēns mē rogāvit.

"Statuam ego certē fēcī," ego dīxī.

"**Quanta**[18] pecūnia tibi data est?" Valēns rogāvit.

Ego nōn laetus eram quia Valēns multam pecūniam semper cēpit.

"Statua nōn magna erat," ego dīxī.

"Hoc ego nōn tē rogāvī! **Quantam**[19] pecūniam habēs?" Valēns īrātius rogāvit.

"Decem data mihi sunt," ego dīxī.

"Dā mihi novem," Valēns dīxit.

"Novem!? Ūnum ego habēbō, sed decem data sunt," ego dīxī.

Valēns rīdēns īrātē dīxit, "Tū habēbis ūnum quia tū certē

Valēns semper cēpit pecūniam Aquilīnī quia Valēns erat dominus (Gold Aureus of Octavian).

mihi novem dabis! Tū es fortūnātus quia ego possum capere omnia quae tibi data sunt. Tū es

---

servus meus! Ego certē possum capere pecūniam tuam quia nōn est tua, est *mea*! Licet tibi habēre ūnum! Tū et *māter tua* habētis nihil nisi quid vōbīs ego dem!"

Ego timidissimus eram. Quid dominus dīxerat? Tū et *māter tua*... Dominus nōn dīxerat *patrem tuum*.

"Ego grātiās tibi agō quia ego nunc habeō plūs pecūniae," ego timidē dīxī.

"Bene dīcis, serve," Valēns dīxit.

Valēns ā mē īvit. Dominus nōn dīxerat *patrem*. Cūr? Necesse erat mihi scīre cūr Valēns nōn dīxisset *patrem*. Quid noster dominus ēgerat? Sī ego rogārem mātrem meam, māter timida esset. Quā dē causā, ego īvī ad rogandum dominum.

Capitulum IV

Valēns ad **tablīnum**[20] īverat, et legēbat ubi vēnī ad rogandum dē patre.

"Em, domine," ego timidius dīxī.

"Quid vīs, serve? Vīsne dare plūs pecūniae mihi?" Valēns laetē rogāvit.

Valēns in tablīnō legēbat (OpenClipart-Vectors).

Ego nescīvī quid ego dīcere vellem. Ego nescīvī quōmodo ego rogārem. *Pater meus...* Pater meus erat fortissimus et

---

[20] Office

benignus et superbus. Pater mē et mātrem meam amābat.

"Em, domine, pater meus?" ego rogāvī.

Valēns nunc laetissimus vidēbātur.

"**Mendāx**[21] Ferōx? Hunc **furciferum**[22] ego vēndidī," Valēns dīxit.

"*Quid*? Paterne meus vēnditus est?" ego stultē rogāvī.

"Eum ego certē vēndidī. Ferōx mē pepulit. Servus est fortis, sed stultus et **mendāx**[23] est. Tū fortasse etiam es stultus quia tū mē dē Ferōce rogāvistī," dominus dīxit.

"Sed, sed... est pater meus," ego stultius dīxī.

"Ego nōn sum stultus. Hoc ego sciō," Valēns īrātē dīxit.

Necesse erat mihi scīre. Ubi erat pater meus? Habēbatne meliōrem dominum? Habēbatne peiōrem dominum? Quōmodo pater sē habēbat?

---

[21] Liar
[22] Scoundrel
[23] Liar

"Cui tū vēndidistī patrem meum?" ego timidius rogāvī.

Dominus rīdēns dīxit, "Hahahae, Ferōcem **metallō**[24] ego vēndidī. Quis vellet emere **mendācem?**[25] Servī semper in metallō moriuntur. Pater certē mox erit līber."

Ego nōn poteram respondēre. Pater meus *metallō* vēnditus est. Ego eum numquam vidērem. Pater in metallō moritūrus esset. *Pater... māter!* Māterne scīvit dē patre?

Valēns Ferōcem metallō vēndidit (Heck).

"Nunc ī, serve, et nōlī rogāre mē plūs dē servīs!" Valēns clāmāvit.

Ego quam celerrimē īvī ad videndum mātrem. *Pater meus metallō vēnditus est.* Cūr Valēns patrem metallō vēndiderat?

---

[24] To a mine
[25] Liar

Dominusne patrem meum vēndidit quia pater sciēbat dominī sēcrētum? Pater dīxerat: *ego sciō quōmodo valēns tū sīs! Ego vīdī tē in bellō! Ego sciō quid ēgerīs!* Valēns erat Rōmānus mīles quī in bellō Gallōs pugnāverat, et pater meus erat Gallus mīles quī in bellō Rōmānōs pugnāverat. Quid pater meus vīderat? Quid pater sciēbat?

Et... quid māter et ego agerēmus? Nōs servī erāmus. Nōs nōn poterāmus agere multum.

Capitulum V

Māter mea in cubiculō erat. Māter pecūlium nostrum habēbat, et flēbat. Māter certē scīvit: dominus noster patrem vēndiderat.

"Nōs satis pecūniae nōn habēmus. Nōs nōn possumus emere Ferōcem," Māter vidēns mē dīxit et flēvit.

Nōn erat satis pecūniae in pecūliō. Nōn poterant emere Ferōcem (OpenClipart-Vectors).

Ego nōn flēveram quia Valēns mē spectāverat, sed, nunc, ego etiam flēvī.

22

"Ego habeō plūs pecūniae, sed est ūnum..." ego dīxī.

Ego pecūlium cēpī, et pecūniam in pecūliō ego posuī.

"**Ōlim**,[26] satis pecūniae nōs habēbimus. Nōs omnēs līberī erimus," ego dīxī.

"Nōn omnēs, Aquilīne. Difficillimum est mihi dīcere, sed pater tuus *metallō* vēnditus est. Omnēs in metallō moriuntur. Nōs nōn habēmus satis pecūniae. Pater tuus in metallō moriētur. Valēns hoc voluit. Valēns voluit Ferōcem morī in metallō," māter flēns dīxit.

Ferōx metallō vēnditus est quia Valēns voluit Ferōcem morī in metallō (Heck).

"Sed *cūr* Valēns voluit hoc?" ego rogāvī.

Māter mea nunc timida vīsa est.

---

[26] One day

"Ego volō scīre, māter! Pater clāmāvit, '*Ego sciō quōmodo valēns tū sīs!*' et '*Ego vīdī tē in bellō!*' et '*Ego sciō quid ēgerīs!*' Ego volō scīre! Quid pater vīdit? Quid est dominī sēcrētum? Pater metallō vēnditus est quia pater scīvit dominī sēcrētum! Quid est?!" ego clāmāns rogāvī.

Euphēmia sciēbat dominī sēcrētum, sed nōlēbat dīcere sēcrētum Aquilīnō (della Bella)

Māter timidius vidēbātur, sed ea dīxit, "Pater tuus prīnceps quī in Galliā habitābat erat."

"Hoc ego sciō, māter!" ego īrātē clāmāvī.

"**Ssst!**[27] Pater tuus erat superbus prīnceps et Gallus mīles! Omnēs virī et fēminae eum amābant. Līber et fortis erat, et bene pugnābat. Is Rōmānōs in Galliā pugnābat," māter dīxit.

Ego adhūc voluī dīcere *hoc ego sciō*! sed ego nōn dīxī.

---

[27] Shh

"Certē, pater erat superbus prīnceps et mīles. Quā dē causā, is vult esse līber et vult nōs esse līberī! Ego sum fīlius prīncipis, et quā dē causā pater semper dīcit mē futūrum esse līberum," ego dīxī.

Ferōx erat superbus prīnceps quī Rōmānōs in Galliā pugnābat, et tum erat captīvus Rōmae et Valēns eum ēmit (Master of the Die).

"Bene dīcis. Esse servus difficillimum est patrī tuō quia erat Gallus prīnceps, et fortis, et superbus," māter dīxit.

"Sed, māter, *hoc* sciō. Pater etiam est benignus. Dē sēcrētō dominī ego volō scīre. Ego volō scīre cūr pater *metallō* vēnditus sit," ego dīxī.

Māter nōn respondit.

"Māter! Ego volō scīre cūr pater vēnditus sit!" ego clāmāvī.

"***Ssst!***"[28] māter respondit.

Ego īrātus eram, sed nihil dīxī.

"Ego volō tē esse līberum, Aquilīne. Nāta sum serva, et tū nātus es servus... sed pater, pater nātus est līber. Gallus et superbus prīnceps est Ferōx. Ego volō tē esse līberum quia pater tuus erat līber," māter dīxit.

"Nōs omnēs erimus līberī, māter. Optimās statuās ego faciam, et multam pecūniam in

Euphēmia volēbat Aquilīnum esse līberum (Boucher).

---

[28] Shh!

pecūliō nostrō ego pōnam. Sed, māter, dīc mihi causam. Cūr pater metallō vēnditus est?" ego rogāvī.

"Ferōx scīvit omnia *et* dīxit omnia. Ego timida sum quia ego nōlō tē dīcere omnia quia tū scīs omnia. Tū es fīlius prīncipis et superbus sīcut pater tuus," māter dīxit.

"Māter, ego nōn dicam dominī sēcrētum! Ego nōn sum stultus," ego īrātē dīxī.

Māter, autem, nōn respondit, sed ea īvit, flēns, ad culīnam.

Pater meus fortasse **eadem**[29] mātrī meae dīxerat. Et māter mea Ferōcem nunc nōn habēbat, et ego patrem nōn habēbam. Ego, autem, volēbam dominī sēcrētum scīre. Cūr pater omnia dominō dīxerat? Cūr Valēns patrem meum mortuum voluit?

Et... quandō ego habērem satis pecūniae? Ego voluī emere patrem meum. Ego volēbam patrem meum esse līberum. Esse servus in metallō erat peius quam esse servus domī Valentis. Ego scīvī Valentem esse meliōrem dominum quam multōs

---

[29] The same things

27

dominōs. Ego autem numquam putāvī nōs ā
Valente vēndī posse peiōrī dominō. Ego certē
numquam putāvī patrem ā Valente metallō vēndī
posse.

Aquilīnus volēbat scīre
Valentis   sēcrētum
(OpenClipart-Vectors).

Capitulum VI

Trīstissimus eram quia satis pecūniae nōs nōn habēbāmus. Ego patrem meum emere volēbam, et mātrem. Ego etiam volēbam esse līber. Quā dē causā, ego īvī ad rogandum Nīcomēdem multa.

Nīcomēdēs sciēbat legere et scrībere (Portrait).

Nīcomēdēs in **tablīnō**[30] erat. Nīcomēdēs sciēbat legere et scrībere, et is in **tablīnō** dominī semper legēbat et scrībēbat.

---

[30] Office

Nīcomēdēs etiam nātus erat servus. In **collō**[31] Nīcomēdī, erat metallicum collāre. In metallicō collārī scrīptum est: ***Fūgī. Tenē mē. Revocā mē Valentī et accipe pecūniam.***[32] Nīcomēdēs multum fūgerat, et nunc semper in **collō**[33] eī erat hoc metallicum collāre.

Magnum metallicum collāre erat in collō Nīcomēdī (Rabax63).

---

[31] Neck

[32] Nicomedes' slave collar is modeled after the Zoninus collar. See Appendix on Slavery and on page 104 for more information.

[33] Neck

Nīcomēdēs vīdit mē spectantem et dīxit, "Nōn pessimum est, Aquilīne. Valēns **FUG**[34] in **fronte**[35] mihi nōn scrīpsit."

Ego vīderam servōs in quibus scrīptum est FUG. Metallicum collāre certē **melius**[36] quam FUG erat.

"**Quō**[37] fūgistī?" ego rogāvī.

"Cūr vīs scīre dē mē fugiente?" Nīcomēdēs rogāvit.

"Em," ego respondī.

"Nōlī fugere, Aquilīne. Difficile est ūnī servō fugere. Difficilius est duōbus servīs fugere. Difficillimum est familiae fugere. Ego sciō tē nōlle fugere nisi fugiās cum familiā," Nīcomēdēs dīxit.

"Quid agam? Ego cum familiā fugere volō! Patrem emere ego nōn possum quia nōs nōn habēmus satis pecūniae. Pater metallō vēnditus est!" ego clāmāvī.

---

[34]FUG was an abbreviation for fugitīvus. See Appendix on slavery on page XXX for more information.
[35] Forehead
[36] Better
[37] Where

"**Ssst**,[38] Aquilīne. Difficile dictū, sed tū *nihil* agere potes," Nīcomēdēs dīxit.

Aquilīnus flēvit quia poterat agere nihil (Raimondi).

"Sed in metallō, pater moriētur," ego dīxī.

"Certē, Ferōx moriētur. Et tū *nihil* agere potes," Nīcomēdēs trīste dīxit.

Ego flēvī, et Nīcomēdēs multō trīstior vidēbātur. Nīcomēdēs, autem, nōn flēvit.

"Sed tū facere multās statuās et pōnere pecūniam in pecūliō potes. Māter tua etiam pecūniam in pecūliō pōnere potest quia ea est optima coqua. **Ōlim**, tū et mater poteritis emere vōs," Nīcomēdēs dīxit.

"Sed nōn patrem..." ego triste dīxī.

"Nōn patrem. Tū nihil patrī agere potes," Nīcomēdēs dīxit.

---

[38] Shh

Ego flēvī. Ego patrem amābam, sed ego eram servus. Ego nihil agere poteram. Pater meus nātus erat līber et superbus prīnceps in Galliā, sed servus in Rōmānō metallō moritūrus esset.

Ferōx, quī fuerat prīnceps in Galliā, servus in Rōmānō metallō mortitūrus esset (Heck)

Capitulum VII

Ego flēbam quia ego patrī meō *tē amō* nōn dīxeram. Ego patrem meum vidēre voluī quia ego omnia eī dīcere volēbam. Ego etiam īrātissimus eram. Valēns meum superbum et fortem patrem vēndiderat! Ego etiam nescīvī cui metallō pater vēnditus esset. Sī scīrem cui metallō pater vēnditus esset, ego fortasse īrem ad videndum patrem!

Quā dē causā, ego īvī ad videndum dominum meum. Valēns in **tablīnō**[39] erat, et is legēbat omnia quae Nīcomēdēs scrīpserat.

"Domine?" ego rogāvī.

---

[39] Office

Valēns in tablīnō legēbat, et nōlēbat dīcere plūs dē patre Aquilīnī (Weiditz).

"Quid vīs, Aquilīne?" Valēns adhūc legēns respondit.

"Ego volō scīre plūs dē patre meō," ego dīxī.

"...et?" Dominus īrātē respondit. Valēns nōn iam lēgit, sed is mē īrātē spectāvit. Dē patre meō, autem, scīre ego volēbam.

"Cui metallō pater vēnditus est?" ego rogāvī.

"Cui metallō? **Nīl refert**.[40] Nōn licet tibi īre ad videndum patrem tuum. Vēnditus est. Servus nōn iam in familiā est," Valēns īrātē dīxit.

Ego nōn timidus eram, sed subitō īrātissimus eram. Ego īrātē clāmāvī, "*Quid*?! Est! Pater meus est familia!"

Valēns īrātus erat quia Aquilīnus rogāvit dē patre (OpenClipart-Vectors).

Quia ego clāmāvī, Valēns celeriter mē pepulit. Ego **cecidī**,[41] et ego dominum spectāvī.

"Nōn est familia! Ferōx vēnditus est. Ego sum dominus, Aquilīne! Tū nōn habēs patrem quia tū es servus!" Valēns īrātius clāmāvit.

Ego eram **tam īrātus ut**[42] mē nōn bene agere possem. Ego voluī clāmāre, et ego voluī pellere Valentem.

---

[40] It doesn't matter
[41] I fell
[42] I was so angry that

"Ego dominum nōn videō! Ego timidum virum videō! Pater meus scit quōmodo valēns tū sīs! Pater meus vīdit tē in bellō! Putāsne mē nescīre dē tē?!" ego clāmāvī.

Dominus Valēns celeriter mē pepulit.

"*Quid dīxistī? Quid clāmāvistī?!* **Furcifer!**[43] **Mendāx!**[44] Tū es stultus sīcut pater tuus!" dominus Valēns clāmāvit.

Valēns Aquilīnum pepulit (Tanjé).

Māter omnia audīvit, et celerrimē ad dominum et mē īvit. Dominus Valēns eam cēpit. Subitō, ego non iam īrātissimus erat, sed multō timidior. Valēns mātrem cēperat, et māter mea timidissima vīsa est. Quid ego ēgeram?

"Vidēsne mātrem, serve?! Ego etiam eam vēndere possum! Ego etiam eam *metallō* certē vēndere possum!" Valēns clāmāvit.

"Nōlī mātrem meam vēndere! Nōlī metallō mātrem meam vēndere!" ego clāmāvī flēns.

---

43 Scoundrel
44 Liar

"Ego possum! Euphēmia est serva mea! Sīcut Ferōx et sīcut tū! Hoc **tenē memoriā**![45] Nōlī dīcere falsa sīcut **mendāx**,[46] pater tuus!" Valēns īrātissimē clāmāvit.

"Falsa ego nōn dīcam," ego dīxī.

"Tū es servus meus! Māter tua est serva mea! Ego etiam possum capere omnem pecūniam quae tibi **dabitur**.[47] Nōn licet tibi habēre pecūniam nisi ego dō eam tibi. Vōs numquam satis pecūniae habētis! Ego possum capere pecūlium! Ego possum agere omnia, et quid vōs potestis agere?! *Nihil*!" Valēns īrātissimē clāmāvit.

Māter mea flēbat et flēbat, et ego etiam flēbam. Māter mea timidissima vidēbātur quia ego rogāveram dē patre et dīxeram multa dominō. Ego fīlius pessimus et stultus eram.

Aquilīnus flēbat quia putābat sē esse fīlium pessimum (Raimondi).

---

[45] Remember
[46] Liar
[47] It will be given

"Ī ad culīnam, Euphēmia!" Valēns clāmāvit.

Euphēmia flēns ad culīnam celeriter īvit.

"Et tū, serve, nōlī īre ad faciendum statuās. Ī ad cubiculum! Tū satis pecūniae numquam habēbis, et tū numquam mātrem tuam emēs! Euphēmia nāta est serva, et Euphēmia serva moriētur. Tū etiam servus moriēris!" Valēns īrātissimē clāmāvit.

Valēns dīxit Aquilīnum numquam habitūrum esse satis pecūniae (OpenClipart-Vectors).

Ego ad cubiculum īvī. Quid ego agerem? Ego servus eram. Ego dīxeram multa... sīcut pater meus. Pater meus, autem, certē multum dīxerat *et* multum scīverat. Quid ego scīvī? Ego nihil dē patre et nihil dē dominī sēcrētō scīvī.

Capitulum VIII

Ego volēbam scīre cūr dominus patrem vēndidisset. Ego dominī sēcrētum scīre volēbam. Quā dē causā, ego īvī ad rogandum mātrem. Māter in culīnā erat.

Ego mātrem vīdī, et māter īrātissima erat.

"Aquilīne, tū es pessimus fīlius! Ego nōn iam habeō Ferōcem quia dīxit omnia dominō Valentī. *Et tū!* Tū etiam dīxistī multum! Et scīs nihil! Et dominus tē

Euphēmia erat in culīnā quia erat coqua (Apicius).

pepulit! Cūr!? Cūr hoc ēgistī?" māter flēns rogāvit.

"Necesse est mihi scīre cūr dominus patrem vēndiderit. Īrātus sum, et ego volō pellere dominum quia patrem is vēndidit! **Quālis**[48] dominus patrem servī vēndit!?" ego īrātissimē rogāvī.

"Dominō omnia agere licet, Aquilīne, et dominus certē patrem servī vēndere potest. Tū scīs hoc. Nōs sumus servī, nōn līberī," māter trīste respondit.

"Quā dē causā, dīc mihi causās. Ego volō scīre cūr dominus patrem vēndiderit," ego respondī.

Māter mē spectāvit, et ea nōn respondit. Ego voluī scīre dē sēcrētō, et ego etiam nihil dīxī.

Māter tum respondit, "Scīre dominī sēcrētum est pessimum. Ego nōlō tē vēndī quia tū stultissimē dīcis dominī sēcrētum."

"Ego nōn sum stultus," ego dīxī, sed *fortasse* ego stultus eram.

---

[48] What sort of

"**Ut**[49] putō, tū certē es stultus. Tū stultissimē ā dominō pulsus es quia tū dīxistī tē scīre sēcrētum! Et tū certē nescīs hoc sēcrētum!" māter clāmāvit.

"Māter, ego volō scīre cūr pater in metallō moritūrus sit," ego respondī.

Māter nōn respondit, sed ego ā culīnā nōn īvī. Nisi māter dominī sēcrētum mihi dīceret, ego ā culīnā nōn īrem!

> Euphēmia īrāta erat et dīxit Aquilīnum esse stultum (della Bella).

"Aquilīne, pater tuus erat Gallus prīnceps quī Rōmānōs in bellō pugnābat. Pater tuus Rōmānum mīlitem *Valentem* in bellō pugnāvit. Scīsne dē **Atuatūcā**?"[50] māter timidē rogāvit.

"Atuatūca? Multī Rōmānī mīlitēs ab Eburōnibus Atuatūcae interfectī sunt. Mīlitēs quī nōn interfectī sunt sē interfēcērunt," ego respondī.

---

[49] As

[50] The Eburones ambushed and massacred the 14th Legion at Atuatuca. See historical note in the appendix on page 108 for more information.

Multī Rōmānī mīlitēs Atuatucae interfectī erant, et Ferōx in hōc bellō Gallus mīles fuerat (Beatrizet).

"Nōn *omnēs* sē interfēcērunt. Valēns erat mīles, et pater tuus eum Atuatucae vīdit. In bellō, pater tuus Valentem *fugientem* vīdit, nōn pugnantem. Valēns semper dīcit sē pugnāvisse et esse superbum et fortem Rōmānum mīlitem. Valēns nōn est! Fūgit! Valēns erat **tam timidissimus ut Ferōx semper tenēret memoriā.**[51] Ferōx multōs Romanōs interfēcit quia Valēns fūgit. Erat difficillimum patrī esse servus mīlitis timidissimī, sed pater tuus nōn dīxit sēcrētum dominī nisi mihi," māter dīxit.

---

[51] So very cowardly that Ferox always remembered

"Et Valēns nescit patrem vīdisse eum?" ego rogāvī.

"Valēns certē nescit hoc," māter respondit.

"Hahahae, et Valēns dīcit me esse stultum! Sed **quō**[52] Valēns fūgit? Multī Rōmānī interfectī sunt. Cūr Rōmānī nesciunt Valentem ā bellō fūgisse?" ego rogāvī.

Ferōx in bellō Valentem fugientem vīdit (Chambre).

"Quia Valēns dīxit sē īre cum mīlitibus ad dīcendum Iūliō Caesarī dē Atuatūcā," māter respondit.

"Et quā dē causā, omnēs putant Valentem esse fortem, sed est timidissimus quia is fūgit! Nōn pugnāvit Gallōs cum Rōmānīs mīlitibus! Est mīles pessimus!" ego clāmāvī.

"**Ssst**![53] Nōlī clāmāre!" māter timidissimē dīxit.

"Bene dīcis, māter," ego dīxī.

---

[52] Where
[53] Shh

"Certē bene dīcō! Pater tuus vēnditus est quia scīvit sēcrētum dominī. Dominus nescīverat. Tum, Sāturnālibus, Ferōx omnia Valentī dīxit. Ego nesciō cūr Ferōx hoc ēgerit. Ferōx fortasse nōn iam servus dominī esse poterat. Ferōx fortasse īrātior erat quia nōlēbat esse Sāturnālicius prīnceps. Nesciō, sed ego certē sciō hoc: Nōlī dīcere dē hōc sēcrētō dominī! Ego amō patrem tuum, et is nunc in metallō est. Moriētur. Sī dominus tē vēndat, ego nesciam quid ego agam," māter flēns dīxit.

"Māter, ego nōn dīcam sēcrētum. **Tibi fidem dō.**[54] Nunc patrem emere nōs nōn possumus, sed pater certē erit līber," ego dīxī.

Aquilīnus mātrī fidem dedit (Boucher).

Nunc ego scīvī cūr pater metallō vēnditus esset. Ego scīvī dominī sēcrētum. Valēns nōn erat valēns et fortis; is erat timidus! Valēns fūgerat mīlitēs quī pugnābant et moriēbantur, et pater meus eum fugientem

---

[54] I promise you

vīderat.　　　Sēcrētum
pessimum erat, et quā dē
causā,　Valēns　patrem
metallō vēndiderat. Valēns
volēbat patrem meum et
sēcrētum morī.

Subitō,　　in　　culīnam
Nīcomēdēs　　vēnit,　　et
trīstissimus　　erat.　Nōn
flēbat,　sed　trīstissimus
vidēbātur.

"Quid est, Nīcomēdēs?"
Māter timidissimē rogāvit.

Nīcomēdēs　dīxit
Ferōcem mortuum
esse (Portrait).

"Euphēmia et Aquilīne, Ferōx in metallō
mortuus est," Nīcomēdēs respondit.

Māter flēns voluit scīre quōmodo pater meus
mortuus esset, sed ego nōluī scīre. Pater mortuus
erat. Ego celerrimē fūgī. Ego voluī clāmāre et
flēre et pellere dominum. Pater meus erat
optimus et benignus et superbus et fortis, et
nunc erat mortuus quia Valēns erat timidissimus
mīles. Ego ad videndum dominum īvī. Quia

īrātissimus eram, ego celeriter **fidem meam violāvī**.[55]

Ferōx, quī Gallus prīnceps fuerat, in Rōmānō metallō mortuus est (Anthonisz).

---

[55] I broke my promise

Capitulum IX

Valēns nōn fūgerat ad dīcendum Iūliō Caesarī dē Atuatūcā (Tempesta).

Ego fīlius superbī prīncipis eram, sed ego servus eram quia servus nātus eram. Pater meus, quī servus nōn nātus erat, in metallō mortuus erat quia dominus erat timidissimus, nōn fortis et certē nōn fortissimus. Valēns erat **mendāx**,[56] nōn pater meus.

Dominus in bellō Gallōs pugnāvit, sed ab Atuatūcā fūgerat! Is

---

[56] Liar

fūgerat Rōmānōs mīlitēs, sed dīcēbat sē īvisse ad dīcendum Iūliō Caesarī dē Atuatūcā! Et pater meus hoc sēcrētum dominī scīvit! Et quā dē causā, pater meus in metallō mortuus erat!

"*Valēns!*" ego īrātissimē clāmāvī.

"Quid nunc vīs, serve?" Valēns rogāvit.

Ego, autem, nōn respondī. Ego celeriter eum pepulī.

"Aquilīne, tū es stultissimus servus!" Valēns clāmāvit et mē pepulit.

Aquilīnus Valentem pepulit (OpenClipart-Vectors).

"Sed ego sum fortis! Ego nōn sum timidissimus! Tū fūgistī! Tū fūgistī omnēs Rōmānōs mīlitēs quī Atuatucae pugnābant et moriēbantur! Pater meus scīvit tē esse virum timidissimum quia pater tē fugientem vīdit! Et ego etiam sciō tuum sēcrētum!" Ego īrātissimē clāmāvī et eum pepulī.

"***Ssst***, stulte, nisi numquam mātrem vidēre vīs!" Valēns clāmāvit et mē pepulit.

Ego **cecidī**.[57] Valēns nōn erat fortis sīcut ego, sed is erat maior quam ego. Ego certē volēbam vidēre mātrem quia ego eam amābam, sed ego īrātissimus eram. Pater meus mortuus erat, et ego eram superbior quia pater meus superbus fuerat. Ego **calcitrāvī**[58] dominum, et is etiam **cecidit**.[59]

"Brūte! Brūte, venī!" Valēns īrātissimē clāmāvit.

Subitō, timidē mē habuī quia Brūtus veniēbat, et ego Valentem nōn iam pepulī. Pellī ā Valente erat malum, sed pellī ā Brūtō esset peius!

Brūtus fortissimus servus erat et semper dēfendēbat Valentem (Lindner).

Brūtus erat magnus servus quī domum dēfendēbat. Brūtus omnēs virōs et fēminās quī Valentem vidēre volēbant vīdit et rogāvit et **accēpit**.[60] Hī virī et fēminae nōn in domum īvērunt nisi Brūtus dīxit

---

[57] I fell
[58] I kicked
[59] He fell
[60] He received

virōs et fēminās posse vidēre dominum. Ego nōn
iam dominum pepulī. Brūtus erat maior quam
Valēns, et fortissimus erat.

Capitulum X

Brūtus celerrimē ad dominum īvit, et ego timidissimus eram. Brūtus et ego amīcī nōn erāmus. Brūtus et Ferōx nōn erant amīcī. Brūtus amīcōs nōn habuit quia Brūtus benignus nōn erat.

"Cape hunc servum et eum celeriter vēnde," Valēns Brūtō dīxit.

"*Quid*?!" ego clāmāvī.

"Certē, domine, eum vēndam," Brūtus respondit.

Brūtus mē cēpit et ā dominō tulit.

Brūtus erat fortissimus, sed nōn benignus (Lindner).

52

"Nōlī mē vēndere! Ego sēcrētum tuum nōn dīcam," ego clāmāvī quia nunc timidissimus eram. Quid māter mea ageret? Cui vēndēbar? Metallōne vēndēbar? Dominōne peiōrī vēndēbar? Dominōne meliōrī vēndēbar? Mātremne meam vidērem? Ego voluī flēre, sed ego nōluī Valentem mē flentem vidēre.

Dominus clāmāvit, "Ego certē tē vēndam quia ego tē nōn iam vidēre volō, et tū certē nōn dīcēs quid tū sciās. Tē metallō vēndere ego possum. Sī tū dīcēs quid dē mē tū sciās, ego metallō *mātrem tuam* vēndam!"

Aquilīnus flēbat quia nōlēbat in metallō morī et nōlēbat mātrem in metallō morī (Raimondi).

Nunc ego certē flēbam. Ego in metallō morī nōluī, et ego mātrem in metallō morī nōluī. Quid ēgeram? Ego certē pessimus fīlius eram. Ego certē stultissimus eram. Ego fidem mātrī violāveram, et quā dē causā, ego vēndēbar.

Brūtus rogāvit, "Cui hunc servum ego vēndam, domine?"

Dominus mē spectāvit et spectāvit. Dominus certē pecūniam habēre volēbat. Ego putābam dominum velle plūs pecūniae. Ego poteram facere statuās, et quā dē causā, **acciperet**[61] plūs pecūniae sī metallō mē nōn vēnderet. Dominus, autem, etiam volēbat mē et sēcrētum

Valēns pecūniam habēre volēbat (OpenClipart-Vectors).

morī, sīcut pater meus Ferōx mortuus erat. Sed... Valēns nesciēbat mē scīre legere et scrībere. Quia sciēbam legere et scrībere, Valēns **acciperet** plūs pecūniae. Erat sēcrētum meum.

"Domine, sī necesse est tibi mē vēndere, nōlī vēndere mē metallō. Ego sciō legere et scrībere et facere statuās bonās. Tū habēbis plūs pecūniae sī mē metallō nōn vēndēs. Ego sēcrētum tuum numquam dīcam. Ego pessimum ēgī quia īrātissimus eram quia pater meus mortuus est. Nōnne tū patrem tuum amāvistī? Nōnne tū

---

[61] He would receive

Aquilīnus dīxit sē scīre legere et scrībere. Quā dē causā, Valēns acciperet plūs pecūniae (della Bella).

flēvistī et īrātus erās ubi pater tuus mortuus est?" ego rogāvī.

Dominus Valēns certē nescīverat mē scīre legere et scrībere quia erat **attonitus**.[62] Valēns nōn respondit et nōn respondit et mē spectāvit et mē spectāvit. Brūtus nihil dīxit, sed mē capiēbat. Ego etiam nihil dīxī quia omnia quae dīcere poteram iam ego dīxeram. Ego nescīvī quid dominus ageret.

"Brūte, vēnde hunc servum, et **accipe**[63] maximam pecūniam. Et tū, serve, sī tū amās mātrem, nōlī dīcere dē mē quia ego certē Euphēmiam metallō vēndam," Valēns dīxit.

Ego voluī vidēre mātrem et dīcere *tē amō*, sed ego nōn poteram. Brūtus mē domō ferēbat. Valēns multam pecūniam **acciperet**,[64] et ego

---

[62] Astonished
[63] Receive
[64] He would receive

scīvī mē numquam dictūrum esse dominī
sēcrētum. Ego nōlēbam mātrem in metallō morī.

Aquilīnus nōlēbat mātrem
in metallō morī quia eam
amābat (della Bella).

Capitulum XI

Vēnālīcius erat sevērus vir quī multōs servōs vēndēbat. Ego numquam vēnditus eram quia nātus sum domī Valentis. Ego audīveram multa, sed nōn vīderam multum. Quis vellet spectāre vēnālīcium vēndentem servōs? Certē nōn ego.

Ego volēbam fugere, sed vēnālīcius posuerat **crētam in mihi pedibus**.[65] Sī fugerem, vēnālīcius mē caperet quia is vidēret **vestīgia mea**.[66] Et **quō**[67] ego īrem? Ego nōn poteram īre ad domum Valentis quia nōn iam erat domus mea. Māter mea, autem, erat serva Valentis. Ego nōn poteram fugere nisi cum mātre ego fūgī.

---

[65] Chalk on my feet
[66] My footprints
[67] Where

"Removē tunicam!" vēnālīcius clāmāvit.

"*Quid*?! Ego certē nōn removēbō tunicam!" ego clāmāvī.

Ego nōlēbam esse nūdus, sed vēnālīcius mē pepulit.

"Sī tū nōn removēbis tunicam, ego removēbō eam!" vēnālīcius clāmāvit.

Ego nōlēbam vēnālīcium removēre tunicam meam quia ego nōlēbam omnēs mē vidēre nūdum! Vēnālīcius vir magnus erat, sed nōn erat maior quam Brūtus...

Subitō, vēnālīcius mē cēpit et celeriter tunicam meam remōvit. Ego eram nūdus *et* īrātissimus. Vēnālīcius **titulum**[68] meum in mē posuit.

In **titulō** meō, scrīptum est:

*Aquilīnus nātus est **XVI annōs**.*[69] *Nātus est Rōmae et eius māter est Graeca. Servus est*

---

[68] A label or placard that described an enslaved person who was being sold. Roman law dictated what information had to be shared about a slave's characteristics.
[69] 16 years old

statuārius quī scit legere et scrībere. Est fortis, sed superbus est.

Īrātus eram quia Valēns nōn dīxerat patrem meum esse Gallum. Ego habēbam mātrem *et* patrem! Sed Valēns fortasse nōlēbat virōs et fēminās scīre mē habēre patrem. Ego nōn eram **pāstor**,[70] sed *multī* Rōmānī putābant *omnēs* Gallōs esse **pāstōrēs**. Quā dē causā, Valēns nōn

Multī Rōmānī putābant omnēs Gallōs esse **pāstōrēs**, sed Aquilīnus nōn erat **pāstor** (Delaune).

dīxerat patrem meum esse Gallum, sed is dīxerat mātrem meam esse Graecam.

---

[70] Shepherd

Vēnālīcius mē cēpit, et is mē ad **catastam**[71] tulit.

"Ī in **catastam**," vēnālīcius dīxit.

Ego nihil ēgī. Ego eram nūdus, et ego vidēbam omnēs virōs et fēminās quī volēbant emere servōs. Erat **dēdecorī**[72] maximō mihi.

Vēnālīcius tum mē cēpit et mē in **catastā** posuit. Omnēs virī et fēminae mē rīsērunt.

Rōmānī servī in catastā vēndēbantur, et Aquilīnus nihil in catastā ēgit (Die Gartenlaube).

---

[71] A platform from which people were sold as slaves in the market.
[72] Shame

Pater meus fortasse ā hōc vēnālīciō vēnditus erat. Quid pater meus, superbus Gallus prīnceps et tum captīvus et tum servus, in **catastā** ēgerat? Nescīvī. Ego nōluī scīre.

Ego nihil ēgī in **catastā**, et certē ego nōn rīsī. Vidēbar īrātissimus, sed multī virī et fēminae volēbant emere mē. Clāmāvērunt et clāmāvērunt et clāmāvērunt. Ego nōn audīvī multum (multum audīre ego nōluī), sed ego certē audīvī numerōs quōs virī et fēminae clāmābant.

Quā dē causā, ego scīvī pessimum. Ego numquam emerem mē quia satis pecūniae ego numquam habērem... sed ego fortasse poteram emere mātrem meam. Sī māter mea esset lībera, bonum esset. Ego violāveram fidem mātrī, et nunc māter nōn habēbat patrem meum et nōn habēbat fīlium. Ea erat serva Valentis.

Ego nōn spectāvī virum quī mē ēmit. Ego nōn spectābam virōs et fēminās in **catastā**. Ego **fingēbam**[73] mātrem meam esse līberam. Fortasse pater meus etiam **finxerat**[74] mē et mātrem esse līberōs.

---

[73] I was imagining
[74] He had imagined

Capitulum XII

Ego nōn iam eram servus Valentis, sed servus

Salviī eram. Ego eram domī Salviī, et domus erat Rōmae. Multī servī erant. Ego in **tablīnō**[75] cum Salviō eram. Salvius scrībēbat, sed tum mē spectāvit.

"Aquilīne, tē ēmī quia ego volō habēre statuam. Ego audīvī dē statuīs tuīs, et vīdī eās. Statuae tuae bene factae sunt," Salvius mihi dīxit.

Dominus Aquilīnī nunc erat Salvius (OpenClipart-Vectors).

---

[75] Office

"Ego grātiās tibi agō, Salvī," ego respondī.

"Fac statuam mihi, et dīc mihi sī necesse est tibi habēre **aliquid**.[76] Tibi **dabitur**[77] id," Salvius dīxit.

"Cuius statuam ego faciō?" ego rogāvī.

"Fac statuam filiī meī. Mārcus fortis erat, et filius optimus erat," Salvius respondit.

Ego audīvī *erat*, nōn *est*. Fīlius Salviī mortuus erat sīcut pater meus mortuus erat. Ego nescīvī quōmodo et quandō Mārcus mortuus esset.

"Habēsne pictūram Mārcī? **Quālis** filius erat? Vidēbātur sīcut tū? Eratne maior quam ego?" ego rogāvī.

Salvius respondit, "Certē vidēbātur sīcut ego..."

Salvius tum nōn plūs dē filiō dīxit, sed is celeriter scrīpsit.

---

[76] Something
[77] It will be given

Salvius benignus vidēbātur. Salvius certē fīlium mortuum amābat sīcut patrem mortuum ego amābam. Statuam optimam facere ego volēbam.

Ego volēbam rogāre plūs dē fīliō, sed ego volēbam rogāre dē mātre meā et dē pecūliō meō. Māter mea erat **magnī mōmentī**[78] mihi, et Mārcus erat mortuus fīlius dominī meī. Ego autem dē Mārcō, dē mātre, et dē pecūliō certē nōn rogāvī.

Aquilīnus volēbat facere statuam optimam, et volēbat rogāre dē mātre (della Bella).

Ego mātrem meam nōn vīderam, et eam vidēre ego volēbam. Ego nescīvī quōmodo māter esset. Ego fidem mātrī violāveram. Quā dē causā, māterne flēbat? Trīstis erat? Māterne bene sē habēbat? Valēnsne mātrem metallō vēndiderat? Ego volēbam scīre quōmodo māter sē habēret, sed ego nescīvī et ego nōn rogāvī.

---

[78] Of great importance

Māter ad mē nōn vēnerat. Nōn difficilius erat scīre ubi servus vēnditus esset. Cūr nōn vēnit? Fortasse nōn poterat venīre ad mē... et ego? Ego nōn rogāvī dominum. Salvius vidēbātur benignus dominus... sed nōn rogāvī quia fortasse nōn benignus erat. Ego faciēbam statuam magnam. Sī statuam optimam ego facerem, fortasse eum dē mātre ego tum rogārem.

Salvius tum dīxit, "Fac statuam, et dīc mihi quid necesse tibi sit. Tibi **dabitur**[79] id."

Salvius tum ā mē et ā **tablīnō**[80] īvit. Ego multa rogāre volēbam, sed ego nōn rogāvī. Salvius vidēbātur benignus, sed fortasse nōn erat. Ego nescīvī **quālis**[81] vir esset Salvius.

---

[79] It will be given
[80] Office
[81] What sort of

Capitulum XIII

Serva ad mē vēnit cibum ferēns. Ego hunc cibum edere volēbam, sed etiam cibum edere nōlēbam. Haec serva, nōn mea māter, cibum habuit. Eratne haec serva coqua?

"Ego sum Mariāna. Nōnne tū es Aquilīnus?" Mariāna rogāvit.

"Ego certē sum Aquilīnus," ego respondī.

Mariāna mē spectābat. Ego tum nescīvī quid ego possem dīcere. Nihil dīxī. Domī

Mariāna ad Aquilīnum vēnit cibum ferēns (Boucher).

Valentis, ego semper dīcēbam multum et certē dīxeram omnia. Quā dē causā, venditus eram. Quid ego dīcerem domī Salviī?

"Vīsne cibum? Ego tibi cibum tulī. Tū potes edere, sī vīs," Mariāna dīxit.

"Nōlō," ego respondī, sīcut stultus. Ego certē volēbam edere cibum, sed hic cibus nōn erat cibus mātris meae.

Mariāna adhūc mē spectābat, cibum ferēns. Ego adhūc nihil dīxī. Ego cibum spectābam. Subitō, voluī scīre multa dē domō et dē dominō Salviō.

"Em, Mariāna?" ego rogāvī.

"Quid?" Mariāna rīsit.

"Quālis[82] vir est Salvius?" ego rogāvī.

"Salvius dominus bonus est, et ego sciō hoc quia, in

Aquilīnus volēbat scīre dē Salviō (OpenClipart-Vectors).

---

[82] What kind of

hāc domō, ego nāta sum," Mariāna respondit.

"Nātus eram domī Valentis, quī sevērus est. Mē pepulit," ego dīxī.

"Salvius nōn est sevērus, sed benignus. Salvius rārē nōs pellit. Ego nōn possum dīcere Salvium *numquam* nōs pellere, sed rārum est. Dominus certē etiam trīstis est," Mariāna dīxit.

"Quia fīlius eius mortuus est?" ego rogāvī.

"Certē, Mārcus erat fīlius optimus, et is patrem amābat. Tū vidēris sīcut Mārcus. Mārcus erat superbus Rōmānus mīles quī Gallōs in bellō pugnābat. Erat fortissimus, sed Gallī eum interfēcērunt," Mariāna dīxit.

Ego nōn dīxī patrem meum Gallum mīlitem esse et Rōmānōs interfēcisse. Nōn dīxī patrem meum etiam mortuum esse. Nihil dīxī.

Mārcus ab Gallīs in bellō interfectus erat, et pater Aquilīnī in bellō interfēcerat Rōmānōs. Aquilīnus nihil dīxit (van Bedaff).

"Habēsne familiam?" Mariāna tum mē rogāvit.

"Mātrem habeō, sed est domī Valentis. Ut[83] putō, domus Valentis pessima est, et **ōlim**[84] ego volō emere eam," ego dīxī.

"Est difficillimum esse servus. Multī dominī malī sunt sīcut Valēns! Valēns est sevērus vir. Tūne scīs Valentem et Salvium esse rīvālēs?" Mariāna rogāvit.

"Nescīvī," ego respondī.

"Certē sunt," Mariāna dīxit.

Mariāna ad culīnam cibum tulit quia Aquilīnus nōlēbat edere eum (Boucher).

Ego nihil dīxī. Mariāna cibum spectāvit et tum mē spectāvit.

"Sī cibum habēre nōn vīs, eum in culīnā ego pōnam," Mariāna dīxit.

[83] As
[84] One day

"Nōlō," ego dīxī. Ego nōluī edere cibum quia cum mātre edere ego volēbam.

"Bene," Mariāna dīxit et ferēns cibum ad culīnam īvit.

Ego stultissimus et pessimus fīlius eram. Quid ēgeram? Ego fidem dē dominī sēcrētō violāveram, et nunc mātrem et patrem ego nōn habēbam. Pater mortuus est quia sciēbat hoc sēcrētum. Māterne esset moritūra quia ego sciēbam dominī sēcrētum? Quis nostrum pecūlium habēbat? Valēnsne habēbat? Quōmodo ego mātrem emerem nisi pecūlium ego habērem? Ego numquam dominī sēcrētum dīcerem quia Valēns mātrem habēbat.

Capitulum XIV

Statuam filiī mortuī ego faciēbam ubi dominus Salvius ad mē vēnit. Salvius mē spectāvit et statuam spectāvit.

"Statua erit mīles quia mīles erat Mārcus," ego dīxī.

Salvius trīste rīsit, "erat. Mārcus erat optimus filius et fortis mīles."

Ego voluī rogāre plūs dē filiō Mārcō... et mātre. Māter mea adhūc ad mē

Statua erat mīles quia Mārcus Rōmānus mīles fuerat (Full-Length).

nōn vēnit. Ego nescīvī cūr māter nōn venīret. Māter fortasse īrātius sē habēbat quia ego fidem violāveram. Valēns fortasse eam vēndiderat. Ego nescīvī.

Aquilīnus volēbat vidēre mātrem Euphēmiam (della Bella).

Ego volēbam īre ad videndum mātrem, sed ego nōn rogāvī. Salvius benignus erat—certē benignior quam Valēns—sed difficile rogāre dē mātre erat. Ego nōluī flēre, et ego nōluī Salvium mē flentem vidēre. Salvius benignus vidēbātur, sed adhūc dominus erat, nōn amīcus.

"Audīvī Mārcum in bellō mortuum esse," ego dīxī.

"Mārcus mortuus est quia Gallōs pugnābat, et Gallī pessimī sunt," Salvius īrātē dīxit.

Ego nōn dīxī patrem meum esse Gallum mīlitem et prīncipem, et ego certē nōn dīxī patrem in hōc bellō pugnāvisse Rōmānōs. Salvius benignus vidēbātur, sed Gallī fīlium interfēcerant. Ego eram fīlius Gallī prīncipis. Ego nescīvī quid ego dīcerem. Ego certē nōlēbam dīcere mē esse filium superbī Gallī prīncipis.

Ego tum respondī, "Bellum quod Iūlius Caesar pugnābat longum erat."

"Longum certe bellum erat," Salvius dīxit et statuam spectāvit.

Ego etiam statuam spectāvī. Ut[85] putābam, esset statua bona.

Iūlius Caesar pugnābat Gallōs in bellō longō (Tempesta)

"Tū vidēris sīcut meus filius Mārcus," Salvius dīxit.

Salvius sīcut pater meus mihi certē *nōn* vidēbātur. Erat dominus, et mē ēmerat. Is adhūc erat dominus, et ego adhūc eram servus. Salvius certē dē Mārcō dīcere volēbat.

"Quōmodo Mārcus interfectus est?" ego rogāvī.

---

[85] As

"Mārcus in bellō ā Gallīs pessimīs interfectus est. Scīsne dē Atuatūcā?" Salvius rogāvit.

Subitō, timidē mē habēbam. Salviusne Valentis sēcrētum scīvit? Cūr mē dē Atuatūcā rogāvit? Atuatucae multī Rōmānī mīlitēs ā Gallīs mīlitibus interfectī erant. Mīlitēs quī nōn interfectī sunt sē interfēcērunt. Ego nescīvī quid ego dīcerem.

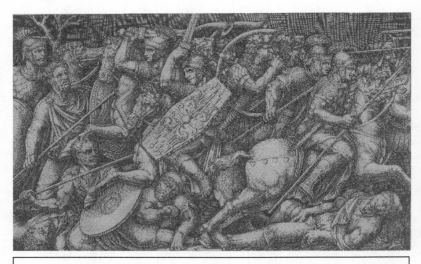

Multī Rōmānī mīlitēs ā Gallīs mīlitibus interfectī erant Atuatūcae, et Mārcus, filius Salviī, interfectus est Atuatūcae (Beatrizet).

Capitulum XV

Salvius dē Atuatūcā mē rogāverat, et ego timidus eram. Ego nesciēbam quid dīcerem.

Tum ego respondī, "Dīc mihi."

"Pessimī Gallī Rōmānōs mīlitēs pugnāvērunt, et eōs interfēcērunt. Omnēs virī interfectī sunt nisi virī quī ad Iūlium Caesarem celerrimē īvērunt. Dominus tuus Valēns erat ūnus hōrum virōrum. Cūr tū nescīs dē Atuatūcā sī Valēns dominus tuus erat?" Salvius mē rogāvit.

Ego nōn respondī quia respondēre ego nōn poteram. Valēns mātrem meam habēbat, et ego nōlēbam violāre fidem meam. Salvius mē spectābat, sed adhūc nihil ego dīxī. Cūr nunc Salvius mē dē Valente rogāvit?! Timidissimē mē habēbam quia ego nōlēbam Valentem mātrem metallō vēndere.

Multī Rōmānī putābant Valentem esse fortissimum! (Goltzius).

Salvius tum dīxit, "Valēns sevērus vir est, sed multī Rōmānī putant Valentem esse fortem. Is certē rīvālis meus est. Valēns mē rīdet quia fīlius meus in bellō mortuus est sed Valēns nōn mortuus est."

Ego nescīvī quid ego dīcerem. Sī ego dīcerem malum dē Valente, fortasse Salvius putāret mē semper dīcere mala dē dominīs. Nōn esset bonum.

Ego tum dīxī, "Rīdēre tē nōn esse benignum, et certē rīdēre fīlium mortuum nōn est benignum."

Salvius īrātius dīxit, "Mox erit ēlēctiō. Hic pessimus vir quī semper mē rīdet et semper fīlium mortuum rīdet etiam est candidātus, sīcut ego. Ego ā Rōmānīs virīs **ēligī**[86] volō quia tum Valentem rīdēbō. Omnēs virī, autem, eum amant! Rōmānī putant mē esse peiōrem candidātum quam Valentem! Cūr hunc pessimum virum amant?"

Ego scīvī cūr omnēs Valentem amārent. Ego scīvī Valentis sēcrētum. Ego nōlēbam violāre fidem, et nihil ego dīxī. Quid ego possem dīcere? Nihil dē sēcrētō et nihil dē patre meō et nihil dē bellō!

Salvius mē spectāvit quia is dīxerat multa mala dē Valente. Ego nōn respondī. Salvius certē īrātissimus erat.

Salvius īrātissimē clāmāvit, "Est sevērus! Est vir pessimus! Sed omnēs eum amant quia Atuatucae nōn mortuus est. Omnēs putant Valentem esse fortissimum! Ego nesciō cūr vir sevērus Atuatūcae nōn mortuus sit

Salvius nescīvit cūr omnēs amārent virum sevērum (OpenClipart-vectors).

sed fīlius meus, quī certē erat optimus et benignus, mortuus sit."

---

[86] To be elected

Ego etiam nesciēbam cūr pater meus mortuus esset, sed dominus sevērus et timidissimus nōn mortuus erat. Valēns erat pessimus vir, mīles, et dominus, sed pater meus erat benignus, fortissimus, et superbus.

"Fortūna difficilis est," ego respondī.

"Tū es servus bonus, Aquilīne. Statua vidētur bona," Salvius dīxit et ā mē īvit.

Ego statuam spectāvī. Esset bona. Ego volēbam, autem, scīre dē mātre meā. Ego Valentī fidem nōn violāvī, sed fidem mātrī violāveram. Quōmodo sē habēbat māter?

Aquilīnus volēbat scīre quōmodo Euphēmia sē habēret (Boucher).

78

Capitulum XVI

Salvius fīlium Mārcum amābat, et Mārcus in bellō interfectus erat. Salvius benignus vidēbātur, et Valēns certē sevērus erat. Valēns et Salvius rīvālēs erant. Sī Valentī fidem violārem, quid mihi Salvius ageret?

Ego volēbam emere mātrem quia māter erat serva Valentis. Pater meus in metallō mortuus erat, et nunc necesse erat mihi emere mātrem. Ego eram fīlius superbī prīncipis **etiamsī**[87] eram servus. Pater meus voluerat nōs esse līberī, et nōs essēmus līberī! Ego volēbam honōrāre patrem meum.

---

[87] Even if

Sed nescīvī quōmodo māter et ego essēmus līberī. Nostrum pecūlium ego nōn iam habēbam quia Brūtus mē ā domō Valentis tulerat. Māter pecūlium habēbat, sed fortasse Valēns pecūlium cēperat. Nescīvī. Ego certē poteram facere multās statuās et pōnere plūs pecūniae in pecūliō. Salvius dīxit mē posse habēre plūs pecūniae quam mē **potuisse**[88] habēre domī Valentis!

Sī Salvius scīret sēcrētum, quid ageret? (OpenClipart-Vectors).

Sī dīcerem dominī sēcrētum Salviō, quid Salvius ageret? Dīceretne sēcrētum Rōmānīs senātōribus et cōnsulibus? Valēns erat timidissimus et pessimus Rōmānus mīles *et* **mendāx**![89] Omnēs Rōmānī, autem, putābant Valentem esse fortissimum. Salviusne mihi pecūniam daret sī dominī sēcrētum dīcerem?

Sī dīcerem dominī sēcrētum, fortasse esset pessimum mātrī meae. Sī habērem pecūlium, essetne satis pecūniae? Ego fortasse possem

---

[88] Had been able
[89] Liar

emere mātrem, et māter posset esse lībera. Pater meus voluerat nōs esse līberōs. Pater meus, autem, mortuus erat servus. Māter mea nāta erat serva, sed serva *nōn* moritūra esset! Ego volēbam honōrāre patrem *et* mātrem!

Subitō, domī Salviī, *Nīcomēdem* ego vīdī.

"Nīcomēdēs!" ego clāmāvī!

Laetissimus eram! Nīcomēdēs, autem, nōn laetus vidēbātur. Nīcomēdēs mē cēpit.

"Aquilīne, māter tua... Māter tuā cibum pessimum Valentī dedit. **Multōs diēs**[90] Euphēmia pessimum cibum Valentī dedit **etiamsī**[91] bona coqua est," Nīcomēdēs dīxit.

Nīcomēdēs ad Aquilīnum vēnit (Portrait).

Ego sciēbam cūr māter cibum pessimum Valentī dedisset! Māter mea īrātissima erat quia ego ā Valente vēnditus eram.

---

[90] For many days
[91] Although

"Quid Valēns ēgit?" ego timidē rogāvī. Valēns erat dominus sevērus.

Valēns Euphēmiam male pepulit (Tanjé).

"Valēns Euphēmiam male pepulit. Ea nōn potest agere multa, sed est in cubiculō. Quia Euphēmia nunc nōn potest esse coqua, Valēns eam vēndet. Valēns nōn vult tē scīre dē mātre, sed mox eam vēndet," Nīcomēdēs respondit.

Ego nōn poteram respondēre. Īrātissimus eram. Māter mea ā Valente pulsa erat! Valēns mātrem vēnditūrus erat! Sed ego fēceram fidem! Quid ego agerem?! Māter mea nōn poterat esse coqua quia pulsa erat! Necesse erat mihi **cūrāre**[92] mātrem! Quis emeret **aegram**[93] servam **etiamsī**[94] serva mox nōn iam **aegra** esset?

Ego rogāvī, "Nīcomēdēs, quid ego agam?"

---

[92] To care for
[93] Sick
[94] Even if

"Cape pecūlium tuum," Nīcomēdēs dāns mihi pecūlium respondit.

"Estne satis pecūniae? Possumne emere mātrem?" ego rogāvī.

"Nōn est satis pecūniae, **etiamsī**[95] serva est īnfirma et pulsa, quia māter tua bona coqua est," Nīcomēdēs respondit.

Nīcomēdēs pecūlium Aquilīnō dedit, sed nōn erat satis pecūniae (OpenClipart-Vectors).

"Ego habeō plūs pecūniae, sed nōn multum," ego respondī.

Nīcomēdēs nihil dīxit, sed mē trīste spectāvit.

---

[95] Even if

Ego scīvī mē nōn habēre satis pecūniae. Mea māter vēnderētur, et ego nihil agere poteram. Nīcomēdēs ad domum Valentis īvit, et ego ad cubiculum īvī ferēns pecūlium.

Ego flēns numerāvī et numerāvī pecūniam. Māter mox vēnderētur. Ego in cubiculō pecūniam in pecūliō numerāvī et numerāvī et numerāvī. Nōn satis pecūniae erat. Quid ego agerem?

Aquilīnus flēns numerāvit et numerāvit pecūniam in pecūliō, sed nōn erat satis pecūniae (Raimondi).

Capitulum XVII

Trīstis eram quia satis pecūniae in pecūliō meō ego nōn habēbam. Ego nōlō mātrem meam vēndī. Sī māter mea vēnderētur, fortasse ego eam numquam vidērem! Fortasse māter habēret dominum quī erat sevērior et peior quam Valēns!

Valēns et Salvius rīvālēs erant. Sī Valentis sēcrētum Salviō dīcerem, Salvius pecūniam mihi fortasse daret. Ego tum possem emere mātrem meam, et māter esset lībera. Necesse erat mihi fidem violāre. Ego eram fīlius superbī Gallī prīncipis, et ego honōrārem patrem. Ego scīvī quid ego agerem.

Ego īvī ad videndum Salvium quī in **tablīnō**[96] erat. Salvius scrībēbat, sed mē spectāvit.

"Quid est, Aquilīne?" Salvius rogāvit.

"Ego sciō sēcrētum quod tū vīs scīre," ego dīxī.

"Ego nōlō scīre sēcrēta servōrum," Salvius īrātē respondit.

Salvius nunc mē nōn spectāvit, sed is scrībēbat. Salvius certē putāvit mē scīre sēcrētum stultum.

Salvius putāvit sēcrēta esse servōrum, nōn sēcretum Valentis (OpenClipart-Vectors).

"Nōn est sēcrētum servōrum, sed est dominī sēcrētum," ego dīxī.

"Cuius est? Certē nōn est meum sēcrētum," Salvius scrībēns dīxit.

"*Valentis* dominī sēcrētum est," ego respondī.

---

[96] Office

Salvius nōn iam scrībēbat, sed mē spectāvit.

Salvius rogāvit, "Eh? Quid est hoc sēcrētum? Et cūr ego volō scīre dē hōc sēcrētō?"

"Quia omnēs virī Valentem nunc amant quia Valēns fortissimus vidētur. Tū, autem, Valentem nōn amās. Ego sciō sēcrētum Valentis, et sī omnēs scient sēcrētum, eum nōn amābunt," ego respondī.

Nunc Salvius hoc sēcrētum scīre certē volēbat.

"Et quid est hoc sēcrētum? Et cūr *nunc* tū vīs dīcere mihi hoc sēcrētum?" Salvius rogāvit.

"Nōn poteram sēcrētum tibi dīcere quia ego fidem fēcī. Sī fidem violārem, māter mea ā Valente vēndērētur. Fidem fēcī et nōn violāvī, sed nunc Valēns mātrem meam mox vēndet. Valēns fidem violāvit, nōn ego," ego dīxī.

Aquilīnus fidem fēcit, sed Valēns fidem violāvit (Boucher).

Ego voluī dīcere mē mātrem amāre, sed Salvius erat dominus. Salvius nōn amīcus erat. Necesse erat mihi habēre pecūniam Salviī. Necesse erat mihi emere mātrem.

"Āh, tū vīs mē emere mātrem. Cūr mātrem tuam emerem, Aquilīne?" Salvius rogāvit.

"Ego nōlō tē emere mātrem. Māter mea, autem, est coqua optima. Mariāna est serva bona, sed nōn est coqua bona," ego respondī.

"Tum, quid tū vīs sī tū nōn vīs mē emere mātrem?" Salvius rogāvit.

"Ego pecūlium habeō, et ego volō emere mātrem. Māter mea erit lībera," ego dīxī.

Aquilīnus pecūniam in pecūliō habēbat, sed satis pecūniae nōn habēbat (OpenClipart-Vectors).

Pecūlium meum Salvius spectāvit, et tum mē spectāvit.

"Sī habēs pecūniam, eme mātrem. Cūr ad mē vēnistī et cūr dīxistī tē scīre sēcrētum?" Salvius rogāvit.

"Ego nōn habeō satis pecūniae," ego respondī, Salvium nōn spectāns.

"Āh, tū vīs mē dare pecūniam tibi," Salvius dīxit.

Ego nōn respondī. Salvius adhūc mē spectābat.

"Quid est sēcrētum Valentis? Sī Rōmānī sēcrētum scient, Valentemne certē nōn amābunt?" Salvius rogāvit.

"Rōmānī Valentem certissimē nōn amant. Fidem faciō," ego respondī.

"Bene, ego etiam fidem faciō... sī sēcrētum est ut[97] tū dīxistī. Ego dabō tibi satis pecūniae, et tū emēs mātrem tuam. Erit lībera, sed *etiam* erit coqua mea. Ut[98] dīxistī, Mariāna est serva bona,

---

[97] As
[98] As

sed meliōrem coquam habēre ego volō," Salvius
dīxit.

"Sēcrētum est hoc:
Valēns nōn est *valēns*,
sed timidissimus. In
bellō, is nōn pugnāvit
Gallōs, sed fūgit. Quia
Valēns fūgit, Gallī
interfēcērunt plūs
mīlitum. Valēns nōn
fūgit ad dīcendum Iūliō
Caesarī sed **ad
servandum vītam!**"[99]
Ego superbē clāmāvī.

Valēns fūgit ad
servandum vītam et
nōn erat fortis
(Chambre).

Salvius mē spectāvit
et rīsit.

Cūr Salvius rīsit? Salviusne putāvit sēcrētum
esse stultum? Eratne Salvius laetus? Salvius,
autem, nōn respondit, sed rīsit. Ego etiam nihil
dīxī. Nunc necesse erat Salviō respondēre.

Salvius tum dīxit, "Ego habeō amīcōs quī
mīlitēs in hōc bellō erant. Ego rogābō eōs dē

---

[99] To save his life

Valente, et tū certē habēbis pecūniam. Māter tua erit lībera."

Laetissimus eram. Salvius datūrus pecūniam mihi erat. Quā dē causā, ego dīxī omnia quae māter mihi dīxerat. Bene, *nōn omnia*. Ego numquam dīcerem patrem meum esse Gallum. Gallī fīlium Salviī interfēcērant. Ego *etiam* sēcrētum habēre poteram.

Salvius datūrus pecūniam Aquilīnō erat (Gold Aureus of Octavian).

Ego, autem, mātrem meam mox emerem. Ea esset lībera. Erat satis mihi. Māter mea nāta erat serva, sed nōn moritūra esset serva. Ego honōrāveram patrem meum. Ego poteram pōnere plūs pecūniae in pecūliō meō. **Ōlim,**[100] ego fortasse etiam essem līber, nōn servus.

---

[100] One day

Capitulum XVIII

"Aquilīnē, tē amō!" Māter mea clāmāvit.

"Māter, ego etiam tē amō," ego respondī.

Ego laetissimus eram quia māter mea nunc lībera erat, et māter mea nunc nōn **aegra**[101] erat. Ea poterat esse coqua optima, et Salvius cibum optimum edere volēbat. Ego etiam volēbam edere cibum optimum!

Euphēmia erat lībera et coqua optima (della Bella).

---

[101] Sick

"Ego volēbam esse lībera, sed ego nōlēbam esse lībera ubi tū adhūc es servus," māter dīxit.

"Pater volēbat tē esse līberam," ego respondī.

"Ferōx etiam volēbat tē esse līberum, sed tū ēmistī mē. Cūr tū nōn ēmistī tē?" māter rogāvit.

"Ego nōn mē ēmī quia tū vēndēbāris! Ego nescīvī quis tē emeret. Peior dominus—nōn melior dominus—fortasse tē emeret. Patrem honōrāre etiam volēbam," ego respondī.

Aquilīnus honōrāvit patrem mortuum Ferōcem et mātrem (Boucher).

"Tū patrem tuum certē honōrāvistī, et mē. Esset superbissimus, Aquilīne. Ego etiam superbissima sum," māter dīxit.

"Grātiās, māter," ego dīxī.

"Quia ego nunc sum lībera, ego possum dare plūs pecūniae tibi. Nōs pōnēmus plūs pecūniae in nostrō pecūliō. Tū mox etiam līber eris," māter dīxit.

"Ego plūs pecūniae in pecūliō pōnere etiam possum. Sed... necesse est mihi dīcere, ego erō servus **multōs annōs**,"[102] ego dīxī.

Māter mea rogāvit, "Cūr?"

"Salvius mē multā pecūniā ēmit quia sciō legere et scrībere et possum facere statuās. Ego nōluī metallō vēndī. Quā dē causā, ego dīxī Valentī mē scīre legere et scrībere," ego respondī.

Aquilīnus dīxerat Valentī sē scīre legere et scrībere (Raimondi).

"Āh," māter trīste dīxit.

"**Ōlim**,[103] autem, ego erō līber, māter," ego dīxī.

"Tū certē līber eris. Tū es fīlius superbī prīncipis, et tū etiam es superbus. Nunc, Aquilīne, ede cibum mēcum. **Vidēris nōn**

---

[102] For many years
[103] One day

ēdisse[104] domī Salviī!" Māter mea, dāns cibum mihi, dīxit.

"Ego nōn ēdī multum. Mariāna nōn est mala coqua, sed ea certē nōn est optima coqua sīcut tū," ego rīsī.

Ego ēdī cibum cum mātre meā, et laetus eram. Ego fidem violāveram, sed erat bonum dīcere Valentis sēcrētum Salviō. Quā dē causā, māter mea nunc erat lībera. Valēns sevērus erat, et Salvius et Valēns erant rīvālēs. Nesciō quid Salvius sēcrētō ageret, et mihi **nīl referēbat**.[105] Māter mea erat lībera. Patrem ego honōrāveram.

---

[104] You seem to have not eaten
[105] It was not mattering

Capitulum XIX

Salvius celebrābat quia is ēlēctus est, et nunc omnēs virī Valentem nōn amābant. Salvius īverat ad rogandum mīlitēs quī in bellō pugnābant dē Valente. Hī virī dīxerant eōs nōn vidēre Valentem. Valēns nōn īverat ad dīcendum Iūliō Caesarī dē Atuatūcā. Mīlitēs putābant Valentem in bellō fūgisse, sed nesciēbant. Salvius Valentis sēcrētum dīxerat.

Rōmānī sciēbant Valentem esse timidum (OpenClipart-Vectors).

Rūmōrēs mox **ubīque**[106] erant. Omnēs virī mox sciēbant Valentem esse **mendācem**[107] et timidissimum. Omnēs sciēbant Valentis sēcrētum. Quā dē causā, Valēns nōn habēbat amīcōs! Laetus eram quia Valēns erat sevērus et patrem meum metallō vēndiderat. Pater meus mortuus erat quia Valēns timidissimus erat! Nunc omnēs sciēbant Valentem esse pessimum virum. Salvius etiam nunc poterat rīdēre Valentem.

Quia Salvius ēlēctus est, multī virī et fēminae ad Salvium vēnērunt. Omnēs virī et fēminae et amīcī et clientēs celebrābant, et māter multum cibum optimum dabat.

Salvius in trīclīniō celebrābat quia ēlēctus est (OpenClipart-Vectors).

---

[106] Everywhere
[107] A liar

Nōs in culīnā erāmus ubi audīvimus Salvium clāmantem, "Euphēmia, Aquilīne, ad trīclīnium venīte!"

Euphēmia et Aquilīnus in culīnā erant et audīvērunt Salvium clāmantem (Apicius).

Nōs putāvimus virōs et fēminās velle habēre plūs cibī. Quā dē causā, ad trīclīnium ferentēs cibum nōs īvimus.

Salvius spectāvit mātrem et mē ferentēs cibum.

"Āh, certē, date cibum virīs et fēminīs," Salvius dīxit.

Nōs dabāmus cibum virīs et fēminīs quī laetissimī erant quia celebrābant.

Salvius tum clāmāvit, "Audīte mē, amīcī!"

Nōs nōn erāmus amīcī. Māter mea erat coqua, et ego eram servus. Quā dē causā, nōn audiēbāmus, sed nōs cibum dabāmus. Subitō, ego audīvī Salvium dīcentem *mihi*, "Aquilīne, venī."

Ego Salvium spectāvī. Māter mea Salvium spectāvit. Salvius reclīnābat.

"Aquilīne, reclīnā tē et ede et celebrā mēcum," Salvius dīxit.

Ego Salvium spectābam. Ego eram **attonitus**.[108] Reclīnāre erat **magnī mōmentī**.[109] Servī quī ā dominō invītātī sunt ut reclīnārent nōn iam servī erant. Līberī erant. Egone eram līber? Quia ego dīxeram sēcrētum Valentis? Sī nōn dīxissem sēcrētum, Salvius nōn ēlēctus esset. Salvius, autem, nunc ēlēctus est.

Salvius dīxit, "Aquilīne, reclīnā tē et ēde mēcum." (OpenClipart-Vectors).

Māter mea mē spectāvit et mihi dīxit, "Ī, Aquilīne!"

"Aquilīne, venī et reclīna. Habēmus multum cibum, et ego volō tē, līberum virum, edere et celebrāre nōbīscum," Salvius dīxit.

Attonitus[110] ego īvī ad reclīnandum. Ego certissimē līber eram quia ego Valentis sēcrētum

---

108 Astonished
109 Of great importance
110 Astonished

Salviō dīxeram. Quā dē causā, Salvius ēlēctus est et cum amīcīs celebrābat. Ego dederam **aliquid magnī mōmentī**[111] Salviō. **Ut**[112] putābam, Salvius etiam mihi dederat **aliquid magnī mōmentī** quia potueram emere mātrem. Sed nunc, nunc, ego *etiam* eram līber!

Ego reclīnāvī, et nōn iam servus eram. Māter mea cibum mihi dedit, et reclīnāns ego ēdī cibum. Cibus optimus erat!

Māter erat lībera coqua, et nunc ego eram līber statuārius. Ego honōrāveram patrem. Ego nōn iam servus eram. Ego multa agere poteram! Ego poteram agere omnia quae vellem! Ego eram līber!

Aquilīnus reclīnāvit et erat līber (Boucher).

---

[111] Something of great importance
[112] As

Appendix on Saturnalia

Saturnalia was a week-long festival that celebrated the agricultural god, Saturn. Beyond public sacrifices, day-to-day business operations ceased. The holiday in particular was characterized by an upheaval of normal social patterns. Slaves dined with their masters as slaves were allowed freedoms during this time that they were otherwise not allowed. In particular, slaves were granted the license to be free in their speech and insulting of their masters without fear of reprisal or being beaten for what they said.

The *Saturnalicius Princeps* was in charge of insulting people—including the master—and commanding people to do silly and outlandish things. Of course, a slave's ability to be frank and to insult a master must surely have been limited. As much as our sources celebrate this license to be free in speech, I expect that some masters had lower tolerances to be objects of ridicule than others. Regrettably, people who were enslaved needed to be aware of where this line may fall to protect themselves.

In this novella, Ferox is the *Saturnalicius Princeps*, and he pushes the boundary of what Valens finds acceptable. Ferox has chafed for years being the slave of a coward and, given the opportunity to say what he really thinks, he breaks down and his pent-up fury and disgust boils over with tragic results. Despite having these extra licenses and freedoms during Saturnalia, slaves were still enslaved people. When the topsy-turvy magic of the seven-day festival ended, those freedoms too disappeared.

Appendix on Slavery

Sugarcoating Roman slavery is a disservice to the millions of people who have had all of their choices stripped away from them by their enslavement. At its foundation, slavery is inhumane and the devaluing and dehumanizing of a person. Even "good" masters still participated in the daily horrors and cruelties that enslaved people endured.

Roman slavery was not based on race or ethnicity; as such, it was much more fluid than the practice of slavery in America. The Roman laws of the Twelve Tables, for example, included a stipulation that a father could only sell his child into slavery three times. Indebted Romans could therefore sell their children to resolve the debt and that people could and did transition between freedoom and slavery.

Many people were enslaved as a result of Roman conquest, like Ferox, who was Gallic. Others are born into slavery or even captured by pirates and sold into slavery. Estimates of slave populations in Rome and across the empire range widely, but generally it is estimated that slaves constituted about a third of the population of Rome. Our story is set in Rome, and most of the characters are slaves who work within a house or as an artisan, like Aquilinus. Slaves, however, did an endless array of jobs from agricultural work to hairdressing to bookkeeping to the deadly work in the mines and, yes, to a variety of jobs in the imperial residences.

Some slaves did try to run away to free themselves from cruelty and oppression and to grasp at freedom. In this novella, Nicomedes has tried to run away so many times that he must wear a metal collar. The wording of his collar is based on the Zoninus Collar, which is an iron collar with a bronze pendant inscribed with a promise of reward for returning the enslaved person. Although the Zoninus Collar dates several centuries after the story is set, it offers a contrast to the Roman tradition of tattooing or branding the face of fugitive slaves with FUG. The Zoninus Collar's inscription states, "*Fugi, tene me. Cum revoc(a)veris me d(omino) m(eo) Zonino, accipis solidum.*" (I have fled, hold me. When you have returned me to my master Zoninus, you receive a coin). Nicomedes' collar is similarly worded.

Roman masters could punish their slaves however they saw fit. It was legal for a master to beat or disfigure a slave because an enslaved person was considered to be their property. Slaves were expensive, so generally masters did not want to permanently injure them. As an example, gladiators were often slaves who—contrary to popular imagination—had excellent medical care. Losing a gladiator to death or injury was a significant financial loss. It may come as less of a surprise then that although Valens could have killed Ferox without any repercussions, Valens instead decides to make a profit from his slave by selling him to what very likely amounted to a death sentence.

Some, though not all, slaves were allowed to work outside of their master's home to earn money. A slave's savings was called a *peculium*, and this word is sometimes used pejoratively in Roman literature. Slaves could save up money to buy their own freedom, and slaves could also be manumitted. Manumission was common enough that laws dictated how and when a slave could be manumitted. For example, the *Lex Aelia Sentia* of 4 CE stated that a manumitted slave had to be at least 30 years old and limited the number of slaves within a household that could be freed at the same time. These laws also dictated what rights a freedperson had in society.

A freedperson, however, was never truly free of their relationship to their former master. They customarily changed their names to reflect their former enslaved relationship to their master. In addition, a freedperson was generally expected to perform favors and services to their former master for free or at greatly reduced fees. These favors might extend to performing favors or services for friends of a former master.

Freedpeople had significantly more rights than an enslaved person—including the right to vote—but Roman society was highly stratified. Freedom was infinitely better than being enslaved, but a freedperson did not have access to higher status, such as holding government offices. Freedpeople could have positions of great influence, though these people were often scorned. For example, senators criticized and resented the fact that the emperor Claudius surrounded himself with freedmen and relied heavily on their advice in place of men of higher social class.

In this novella, Ferox has instilled in his wife Euphemia and his son Aquilinus a burning desire to be as free as he had once been. Aquilinus in particular strives to live up to his father's dream for his family by pushing hard and leveraging whatever means he had available to achieve freedom for his mother. Slaves often had few real choices, and Aquilinus struggles with his inability to act and the ramifications of the choices he can make throughout this novella. Although this novella ends somewhat happily for Aquilinus and Euphemia, for many slaves in the Roman Republic and Empire, there was no happy ending, only hardship, cruelty, and then death.

Similarly, there is not a happy ending for the estimated 40 million people who are enslaved or controlled in the modern world. To learn more about modern slavery, visit www.antislavery.org. To see how many slaves work for you by the mundane choices you make (like, perhaps, which clothing you buy or how many electronics you own), visit slaveryfootprint.org.

Appendix on Atuatuca

The battle of Atuatuca took place in October 54 BCE, and Julius Caesar describes and details the events leading up to the battle as well as the battle itself in his book *the Gallic War*. The Eburones massacred nearly every man in the 14th Legion after tricking the Romans into believing that they were friends and had been granted safe passage to escape a non-existent threat. About 6,000 men lost their lives. Few Romans survived.

Although I use Atuatuca as a backdrop for Ferox, Valens, and the long-dead Marcus, they are entirely fictional characters whose lives happened to intersect at this historic encounter. Julius Caesar records many instances of bravery and courage in this fateful battle, but I also imagine that many moments of cowardice occurred as well. Fear, after all, is a powerful and very human response to the threat of death. Valens tried to cover up his fear and cowardice with a lie to bolster his fame, and it is this secret that ultimately undoes his success.

For those interested in military history and would like to read more about Atuatuca, many public-domain translations of the *Gallic War* are available. The sections that detail the battle of Atuatuca are Book V, Chapters XXIV through XXXVII.

Index Verbōrum

A note on using this glossary:

Nouns and other parts of speech will be grouped together (e.g., all forms of soror will be grouped together) with the definition. Each verb will be listed separately. This allows a student to look up the forms and the meaning of both volēbat and vellet as well as to find all forms of the noun together.

Latin	English
Ā, ab	Away from, by
Accepit	He received
Accipe	Receive
Acciperet	He would receive
Āctūrus	About to do
Ad	Towards
Adhūc	Still
Aegram (aegra)	Sick
Agam	I will do

Latin	English
Agere	To do
Agerem	I would do
Agerēmus	We would do
Ageret	He, she would do
Agō	I do
Aliquid	Something
Amābam	I was loving
Amābant	They were loving
Amābat	He was loving
Amābunt	They will love
Amant	They love
Amāre	To love
Amārent	They would love
Amās	You love
Amāvistī	You love
Amīcīs (amīcī, amīcōs, amīcus)	Friend
Amō	I love
Annōs	Years
Aquilīne (Aquilīnus)	Aquilinus
Attonitus	Astonished
Atuatūcā (Atuatūca, Atuatūcae)	Atuatuca
Audiēbāmus	We were hearing
Audīre	To hear
Audīte	Hear

Index Verbōrum

Latin	English
Audīveram	I had heard
Audīvī	I heard
Audīvimus	We heard
Audīvit	He, she heard
Autem	However, moreover
Baculum (baculō)	Stick
Bellō (bellum)	War
Bene	Well
Benignior	Kinder
Benignus (benignum)	Kind
Bonās (bonum, bonus, bona)	Good
Brūte (Brūtus, Brūtō)	Brutus
Calcitrāvī	I kicked
Candidātus (candidātum)	Candidate
Cape	Take, seize
Capere	To take, to seize
Caperet	He would seize
Capiēbat	He was seizing
Captīvus	Captive
Catastam (catastā)	Platform
Causā (causa, causās, causam)	Cause, reason; *in quā dē causā*, for which reason
Cecidī	I fell
Cecidit	He fell

Latin	English
Celebrā	Celebrate
Celebrābāmus	We were celebrating
Celebrābant	They were celebrating
Celebrābat	He was celebrating
Celebrāmus	We celebrate
Celebrāre	To celebrate
Celebrēmus	Let's celebrate
Celeriter	Quickly
Celerius	More quickly
Celerrimē	Very quickly; *with quam*, as quickly as possible
Cēperat	He had taken, he had seized
Cēpī	I took
Cēpimus	We took
Cēpit	He seized, he took
Certē	Certainly, surely
Certissimē	Very certainly, very surely
Cibum (cibus, cibī)	Food
Clāmābant	They were shouting
Clāmābat	She was shouting
Clāmāns (clāmantem)	Shouting
Clāmāre	To shout
Clāmāvērunt	They shouted

Latin	English
Clāmāvī	I shouted
Clāmāvistī	You shouted
Clāmāvit	He, she shouted
Collāre (collārī)	Collar
Collō	Neck
Cōnsulibus	Consul
Coqua (coquam)	Cook
Crētam	Chalk
Cubiculum (cubiculō)	Bedroom
Cui	To, for whom
Cuius	Whose
Culīnā (culīnam)	Kitchen
Cum	With
Cūr	Why
Cūrāre	To care for
Dā	Give
Dabāmus	We were giving
Dabat	He, she was giving
Dabis	You will give
Dabitur	It will be given
Dabō	I will give
Dāns	Giving
Dare	To give
Daret	He would give
Data est	It was given

Latin	English
Data sunt	They were given
Date	Give
Datūrus	About to give
Dē	About, from; *with quā dē causā*, for which reason
Decem	Ten
Dēdecorī	Shame
Dederam	I had given
Dederat	He had given
Dedērunt	They gave
Dedisset	She had given
Dedit	He, she gave
Dēfendēbat	He was defending
Dem	I may give
Deum	God
Dīc	Say, tell
Dicam	I will say, tell
Dīcēbam	I used to say
Dīcēbant	They were saying
Dīcēbat	He was saying
Dīcendum	To tell
Dīcēns (dīcentem)	Saying
Dīcere	To say, tell
Dīcerem	I would say, tell

Latin	English
Dīceret	He, she would say
Dīcēs	You will say
Dīcimus	We say, tell
Dīcis	You say, tell
Dīcit	He, she says, tells
Dīcō	I say, tell
Dictū	To say, tell
Dictūrum esse	To be about to say
Diēs	Day
Difficile (difficilis)	Difficult
Difficilius	More difficult
Difficillimum	Very difficult
Dīxeram	I had said, told
Dīxerant	They had said, told
Dīxerat	He, she had said, told
Dīxī	I said, told
Dīxissem	I had said, told
Dīxisset	He had said
Dīxistī	You said
Dīxit	He, she said
Dō	I give
Dominī (dominus, dominum, dominīs, dominō, domine, dominōs)	Master, enslaver
Domō, (domī, domum, domus)	Home, house

Latin	English
Duōbus	Two
Ea	She
Eadem	The same things
Eam	Her
Eās	Them (feminine)
Eburōnibus	Eburones
Edāmus	Let's eat
Ēde	Eat
Edēbam	I was eating
Edere	To eat
Ēdī	I ate
Ēdisse	To have eaten
Ēdit	He ate
Ēgeram	I had done
Ēgerat	He had done
Ēgerīs	You did
Ēgerit	He did
Ēgī	I did
Ēgistī	You did
Ēgit	He did
Ego	I
Eī	To, for him
Eius	His
Ēlēctiō	Election
Ēlēctus est	He was elected

Latin	English
Ēlēctus esset	He had been elected
Ēligī	To be elected
Em	Umm
Eme	Buy
Ēmerat	He had bought
Emere	To buy
Emerem	I would buy
Emeret	He, she would buy
Emēs	You will buy
Ēmī	I ought
Ēmistī	You bought
Ēmit	He bought
Eōs	Them (masculine)
Eram	I was
Erāmus	We were
Erant	They were
Erat	He, she, it was
Erimus	We will be
Eris	You will be
Erit	He, she, it will be; there will be
Erō	I will be
Es	You are
Esse	To be
Essem	I would be

Latin	English
Essēmus	We would be
Essent	They would be
Esset	He, she, it would be
Est	He, she, it is
Ēsūrī	About to eat
Et	And
Etiam	Even, also
Etiamsī	Even if, although
Eum	Him, it (masculine)
Euphēmia (Euphēmiam)	Euphemia
Fac	Make
Facere	To make
Facerem	I would make
Faciam	I will make
Faciēbam	I was making
Faciendum	To make
Faciō	I make
Factae sunt	They were made
Falsa	False
Familia (familiae, familiā, familiam)	Family
Fēceram	I had made
Fēcī	I made
Fēcistī	You made
Fēminae (fēminīs, fēminās)	Women

Latin	English
Fer	Bring
Ferēbat	He was bringing
Ferēns (ferentēs)	Bringing
Ferimus	We bring
Ferōx (Ferōce, Ferōcem)	Ferox
Ferre	To bring
Fidem	Faith; *with dō*, promise; *with violō*, break a promise
Fīlius (fīlium, fīliī, fīliō)	Son
Fingēbam	I was imagining
Fingere	To imagine
Fingimus	We imagine
Fīnxerat	He had imagined
Flēbam	I was weeping
Flēbat	He, she was weeping
Flēns (flentem)	Weeping
Flēre	To weep
Flēveram	I had wept
Flēvī	I wept
Flēvistī	You wept
Flēvit	She, he wept
Fortasse	Perhaps, maybe
Fortior (fortiōrēs)	Stronger, braver
Fortis (fortem)	Strong, brave

Latin	English
Fortissimus (fortissimum)	Strongest, bravest
Fortūna	Fortune
Fortūnātus	Fortunate
Fronte	Forehead
Fuerat	He had been
Fūgerat	He had fled
Fugerem	I would flee
Fūgī	I fled
Fugiās	You flee
Fugientem	Fleeing
Fūgisse	To have fled
Fūgistī	You fled
Fūgit	He fled
Furcifer (furciferum)	Scoundrel
Futūrum esse	To be about to be
Galliā	Gaul
Gallus (Gallum, Gallōs, Gallī, Gallīs)	Gallic, a Gaul
Graecus (Graeca, Graecam)	Greek
Grātiās	Thanks
Habēbam	I was having
Habēbāmus	We were having
Habēbant	They were having
Habēbat	He, she was having
Habēbimus	We will have

Latin	English
Habēbis	You will have
Habēbō	I will have
Habēmus	We have
Habeō	I have
Habērem	I would have
Habēret	She, he would have
Habēs	You have
Habētis	You (plural) have
Habitābam	I was living
Habitābāmus	We were living
Habitābat	He was living
Habitūrum esse	To be about to have
Habuī	I had
Habuistī	You had
Habuit	She, he had
Hāc	This
Hae	These
Haec	This, these
Hahahae	Haha
Hanc	This
Hī	These
Hic	This
Hīs	These
Hoc	This
Hōc	This

Domini Sēcrētum

Latin	English
Honōrāre	To honor
Honōrārem	I would honor
Honōrāveram	I had honored
Honōrāvistī	You honored
Hōrum	Of these
Hunc	This
Ī	Go
Iam	Now, already; *with* *nōn*, no longer
Id	It
In	In
Interfēcerant	They had killed
Interfēcērunt	They killed
Interfēcisse	To have killed
Interfēcit	He killed
Interfectī erant	They had been killed
Interfectī sunt	They were killed
Interfectus erat	He had been killed
Interfectus est	He was killed
Invītātī sunt	They were invited
Iō	Hurrah
Īrātē	Angrily
Īrātior	More angry
Īrātissimē	Very angrily
Īrātissimus	Very angry

Latin	English
Īrātius	More angrily
Īrātus	Angry
Īre	To go
Īrem	I would go
Is	He
Iūlium Caesarem (Iūlius Caesar, Iūliō, Caesarī)	Julius Caesar
Īverat	He had gone
Īvērunt	They went
Īvī	I went
Īvimus	We went
Īvisse	To have gone
Īvit	He, she went
Laetē	Happily
Laetissimē	Very happily
Laetissimus (laetissimī)	Happiest
Laetus	Happy
Legēbat	He was reading
Legēns	Reading
Legere	To read
Lēgit	He read
Līber (līberōs, līberum, līberī, lībera, līberam)	Free
Licēbat	It was allowed
Licet	It is allowed
Longum	Long

Latin	English
Magnā (magnī, magnae, magna, magnus, magnam)	Big, great
Maior	Bigger, greater
Male	Badly
Malum (malī, mala)	Bad, evil
Mārcus (Mārcī, Mārcō, Mārcum)	Marcus
Mariāna	Mariana
Māter (mātrem, mātre, mātrī, mātris)	Mother
Maximam (maximō, maximum)	Greatest, biggest
Mē	Me
Mēcum	With me
Meliōrem (meliōrī, melior)	Better
Melius	Better
Memoriā	Memory; *with teneō*, remember
Mendāx (mendācem)	Liar
Metallicum (metallicō)	Metal
Metallō	Mine
Meus (mea, meum, meō, meam, meae, meī, meā)	My, mine
Mihi	To, for me
Mīles (mīlitēs, mīlitem, mīlitis, mīlitibus, mīlitum)	Soldier
Mōmentī	Importance

Latin	English
Morī	To die
Moriēbantur	They were dying
Moriēris	You will die
Moriētur	He will die
Moritūrus	About to die
Moriuntur	They die
Moritūra esset	She would die
Moritūrus esset	He would die
Mortuum (mortuus, mortua, mortuī)	Dead
Mortuum esse	To have died
Mortuus erat	He had died
Mortuus esset	He would die
Mortuus est	He died
Mortuus esset	He had died
Mortuus sit	He died
Mox	Soon
Multum (multās, multae, multam, multōs, multa, multī, multā, multō)	Many, much
Nāta erat	She had been born
Nāta est	She was born
Nāta sum	I was born
Nātus eram	I had been born
Nātus erat	He had been born
Nātus es	You were born

Latin	English
Nātus est	He was born
Nātus sum	I was born
-ne	Indicates a question is asked
Necesse	Necessary
Nesciam	I would not know
Nesciēbam	I was not knowing
Nesciēbant	They were not knowing
Nesciēbat	He was not knowing
Nesciō	I do not know
Nescīre	To not know
Nescīs	You do not know
Nescit	He does not know
Nesciunt	They do not know
Nescīveram	I had not known
Nescīverat	He had not known
Nescīvī	I did not know
Nīcomēdēs (Nīcomēdem, Nīcomēdī)	Nicomedes
Nihil	Nothing
Nīl	Nothing
Nisi	Except, unless; if not
Nōbīs	To, for us
Nōbīscum	With us
Nolēbam	I was not wanting

Latin	English
Nōlēbat	He, she was not wanting
Nōlī	Don't
Nōlle	To not want
Nōlō	I do not want
Nōluī	I did not want
Nōn	Not
Nōn vult	He does not want
Nōnne	A question word indicating a yes answer is expected
Nōs	We
Nostrum (noster, nostrō, nostra)	Our
Novem	Nine
Nūdus (nūdum)	Nude, naked
Numerāvī	I counted
Numerāvit	He counted
Numerōs	Numbers
Numquam	Never
Nunc	Now
Ōlim	One day
Omnia (omnēs, omnem)	All
Optima (optimī, optimōs, optimās, optimus, optimam, optimum)	Best
Pāstor (pāstorēs)	Shepherd

Latin	English
Pater (patrī, patrem, patre)	Father
Pecūlium (pecūliō)	Savings
Pecūniam (pecūniae, pecūniā)	Money
Pedibus	Foot
Peiōrem (peior, peiōrī)	Worse
Peius	Worse
Pellēbat	He was hitting, beating
Pellere	To hit, beat
Pellī	To be hit, to be beaten
Pellit	He beats, hits
Pepulī	I hit, beat
Pepulit	He hit, beat
Pessimum (pessimus, pessima, pessimī, pessimīs)	Worst
Pictūram	Picture
Plūs	More
Pōnam	I will put
Pōnēmus	We will put
Pōnere	To put
Posse	To be able to
Possem	I would be able to
Posset	He, she would be able to
Possum	I am able to
Possumus	We are able to
Posuerat	He had put

Latin	English
Posuī	I put
Posuit	He put
Poteram	I was able to
Poterāmus	We were able to
Poterat	He, she was able to
Poteritis	You (plural) will be able to
Potes	You are able to
Potest	He, she is able to
Potueram	I had been able to
Potuisse	To have been able to
Prīnceps (prīncipem, prīncipis)	Chieftain, leader
Pugnābant	They were fighting
Pugnābat	He was fighting
Pugnantem	Fighting
Pugnāre	To fight
Pugnāverat	He had fought
Pugnāvērunt	They fought
Pugnāvisse	To have fought
Pugnāvit	He fought
Pulsa erat	She had been beaten
Pulsus es	You were beaten
Pulsus est	He was beaten
Putābam	I was thinking
Putābant	They were thinking

Latin	English
Putant	They think
Putāret	He would think
Putās	You think
Putāvī	I thought
Putāvimus	We thought
Putāvit	He, she thought
Putō	I think
Quā	Which; *with* quā dē causā, for which reason
Quae	Who, which
Quālis	What sort of
Quam	Whom; how; than
Quandō	When
Quanta (quantam)	How much
Quī	Who, which
Quia	Because
Quibus	Whom
Quid	What
Quis	Who
Quō	Where
Quod	Which
Quōmodo	How; in what way
Quōs	Which
Rārē	Rarely
Rārissimē	Very rarely

Index Verbōrum

Latin	English
Rārum	Rare
Reclīnā	Recline
Reclīnābāmus	We were reclining
Reclīnābat	He was reclining
Reclīnandum	To recline
Reclīnāns	Reclining
Reclīnārent	They would recline
Reclīnāvī	I reclined
Reclīnāvimus	We reclined
Reclīnāvit	He reclined
Reclinīnāre	To recline
Referēbat	It was referring; *with nīl*, it didn't matter
Refert	It is referring; *with nīl*, it does not matter
Removē	Remove
Removēbis	You will remove
Removēbō	I will remove
Removēre	To remove
Remōvit	He removed
Respondēre	To respond
Respondī	I responded
Respondit	He, she responded
Revocā	Call back, recall
Rīdēbō	I will laugh at
Rīdēns	Smiling, laughing

Latin	English
Rīdēre	To smile, to laugh
Rīdēret	She would not laugh at
Rīdet	He laughs at
Rīserat	He had laughed
Rīsērunt	They smiled, laughed
Rīsī	I laughed, smiled
Rīsit	He, she smiled, laughed
Rīvālēs (rīvālis)	Rival
Rogābō	I will ask
Rogandum	To ask
Rogāre	To ask
Rogārem	I would ask
Rogāveram	I had asked
Rogāverat	He had asked
Rogāvī	I asked
Rogāvistī	You asked
Rogāvit	He, she asked
Rōmae	At Rome
Rōmānus (Rōmānōs, Rōmānō, Rōmānī, Rōmānum, Rōmānīs)	Roman
Rūmōrēs	Rumors
Salviī (Salviō, Salvius, Salvī, Salvium)	Salvius
Satis	Enough
Sāturnālia (Sāturnālibus)	Saturnalia

Latin	English
Sāturnālicius	Saturnalian
Sāturnum	Saturn
Sciās	You know
Sciēbam	I was knowing
Sciēbant	They were knowing
Sciēbat	He, she was knowing
Scient	They will know
Sciō	I know
Scīre	To know
Scīrem	I would know
Scīs	You know
Scit	He knows
Scīverat	He had known
Scīvī	I knew
Scīvit	He knew
Scrībēbat	He was writing
Scrībēns	Writing
Scrībere	To write
Scrīpserat	He had written
Scrīpsit	He wrote
Scrīptum est	It was written
Sē	Himself, herself, themselves
Sēcrētum (sēcrētō)	Secret
Sed	But

Latin	English
Semper	Always
Senātōribus	Senator
Serva (servam)	Slave (female)
Servandum	To save
Servus (servī, servōs, serve, servum, servō, servīs, servōrum)	Slave (male)
Sevērior	More severe
Sevērus	Severe
Sī	If
Sīcut	Just like
Sīs	You may be
Sit	It may be
Spectābam	I was watching, looking at
Spectābat	He, she was watching, looking at
Spectāns (spectantem)	Looking at, watching
Spectāre	To look at, watch
Spectāverat	He had looked at
Spectāvī	I looked at, watched
Spectāvit	He, she looked at, watched
Ssst!	Shh!
Statuam (statuās, statuae, statua, statuīs)	Statue

Index Verbōrum

Latin	English
Statuārius	Someone who makes statues
Stultē	Foolishly
Stultissimē	Very foolishly
Stultissimus	Most foolish
Stultius	More foolishly
Stultus (stultum)	Fool; foolish
Subitō	Suddenly
Sum	I am
Sumus	We are
Sunt	They are
Superbē	Proudly
Superbior	More proud
Superbissimus (superbissima)	Proudest
Superbus (superbum, superbī)	Proud
Tablīnum (tablīnō)	Office, study
Tam	So
Tē	You
Tenē	Hold, keep; *with memōria*, remember
Tenēret	He would hold, keep; with memōriā, remember
Tibi	To, for you
Timida (timidus, timidī, timidō, timidum)	Fearful, timid, coward
Timidē	Fearfully, cowardly

Latin	English
Timidior	More fearful
Timidissimē	Most fearfully, cowardly
Timidissimus (timidissima, timidissimī, timidissimum)	Most fearful
Timidius	More fearfully, cowardly
Titulum (titulō)	Title, placard
Trīclīnium (trīclīniō)	Dining room
Trīste	Sadly
Trīstior	Sadder
Trīstis	Sad
Trīstissimē	Very sadly
Trīstissimus	Saddest
Tū	You
Tulerat	He had brought
Tulī	I brought
Tulit	He, she brought
Tum	Then, next
Tunicam	Tunic
Tuum (tua, tuus, tuō, tuam, tuīs, tuae, tuā)	Your
Ubi	Where
Ubīque	Everywhere
Ūnum (ūnī, ūnus)	One
Ut	As

Index Verbōrum

Latin	English
Valēns (Valentem, Valentis, Valente, Valentī)	Valens
Valens (valentēs)	Strong
Velimus	We want
Velle	To want
Vellem	I would want
Vellent	They would want
Vellet	He, she would want
Vēnālīcius (vēnālīcium, vēnālīciō)	Slave dealer
Vēndam	I will sell
Vēndat	He may sell
Vēnde	Sell
Vēndēbar	I was being sold
Vēndēbāris	You were being sold
Vēndēbat	He was selling
Vēndentem	Selling
Vēndere	To sell
Vēnderet	He would sell
Vēnderētur	She would be sold
Vēndēs	You will sell
Vēndet	He will sell
Vēndī	To be sold
Vēndiderat	He had sold
Vēndiderit	He sold
Vēndidī	I sold

Latin	English
Vendidisset	He had sold
Vēndidistī	You sold
Vēndidit	He sold
Vēndita esset	She would have been sold
Vēnditūrus	About to sell
Vēnditus eram	I had been sold
Vēnditus erat	He had been sold
Vēnditus esset	He had been sold
Vēnditus est	He was sold
Vēnditus sit	He was sold
Vēnerat	She had come
Vēnērunt	They came
Venī	Come
Vēnī	I came
Veniēbat	He was coming
Venīre	To come
Venīret	She would come
Vēnistī	You came
Vēnit	He, she came
Venīte	Come
Vestīgia	Footprints
Vidēbam	I was seeing
Vidēbar	I was appearing, seeming

Latin	English
Vidēbātur	He, she was appearing, seeming
Videndum	To sell
Vidēns	Seeing
Videō	I see
Vīderam	I had seen
Vīderat	He had seen
Vidēre	To see
Vidērem	I would see
Vidēret	He would see
Vidēris	You seem, appear
Vidēs	You see
Vidētur	It seems, appears
Vīdī	I saw
Vīdisse	To have seen
Vīdit	He saw
Violāre	To violate; *with fidem*, to break a promise
Violārem	I would violate; *with fidem*, I would break a promise
Violāveram	I had violated; *with fidem*, I had broken a promise
Violāvī	I violated; *with fidem*, I broke a promise
Vir (virī, virīs, virō, virum, virōs, virōrum)	Man

Latin	English
Vīs	You want
Vīsa est	She seemed, appeared
Vīsus est	He seemed, appeared
Vītam	Life
Vōbīs	To, for you (plural)
Volēbam	I was wanting
Volēbāmus	We were wanting
Volēbant	They were wanting
Volēbat	He, she was wanting
Volō	I want
Voluerat	He had wanted
Voluī	I wanted
Voluit	He, she wanted
Vōs	You (plural)
Vult	He, she wants

Dictionary

A note on using this dictionary:

Unlike the glossary, the dictionary provides the full dictionary entry for the word. In addition to providing the dictionary entry and definition, the frequency in which the word generally appears in Latin literature is provided. The Dickinson Core Vocabulary and *Essential Latin Vocabulary* were used in creating the frequency rating.

When a number appears, the Dickinson Core Vocabulary, which is a list of 1000 words, was used. The abbreviation ELV indicates when a word did not appear in the Dickinson list but appears on the list in *Essential Latin Vocabulary*. *Essential Latin Vocabulary*'s list is 1,425 words, so presumably the word appears in approximately the last 425 words. A blank indicates that the word infrequently occurs in Latin literature.

Words in **bold** are glossed vocabulary words. I consider the words in *italics* to be clear cognates that are used infrequently.

Dictionary Entry	Meaning	DCC/ELV
Ā, ab	Away from, by	21

Dictionary Entry	Meaning	DCC/ELV
Accipiō, accipere, accēpī, acceptus	Accept, receive	110
Ad	Towards	14
Adhūc	Still	379
Aeger, aegra, aegrum	Sick	810
Agō, agere, ēgī, āctus	Do	69
Aliquis, aliquid	Someone, something	77
Amīcus, amīci, m.	Friend	198
Amō, amāre, amāvī, amātus	Love	219
Annus, annī, m.	Year	167
Aquilīnus, Aquīlinī, m.	Aquilinus, *the protagonist*	
Attonitus, attonita, attonitum	Astonished	
Atuatūca, Atuatūcae, f.	Atuatuca, *the place where the 14th Legion was ambushed*	
Audiō, audīre, audīvī, audītus	Hear	165
Autem	However, moreover	123
Baculum, baculī, n.	Stick	
Bellum, bellī, n.	War	86
Benignus, benigna, benignum	Kind	ELV
Bonus, bona, bonum	Good	68
Brūtus, Brūtī, m.	Brutus, *Valens' bodyguard*	

143

Dictionary Entry	Meaning	DCC/ELV
Cadō, cadere, cecidī, cāsus	Fall	210
Calcitrō, calcitrāre, calcitrāvī, calcitrātus	Kick	
Candidātus, candidātī, m.	Candidate	
Capiō, capere, cēpī, captus	Seize, take	131
Captīvus, captīvī, m.	Captive	ELV
Catasta, catastae, f.	Platform on which slaves were sold	
Causa, causae, f.	Purpose, reason	107
Celebrō, celebrāre, celebrāvī, celebrātus	Celebrate	893
Celeriter	Quickly	967
Certē	Certainly, surely	601
Cibus, cibī, m.	Food	863
Clamō, clamāre, clamāvī, clamātus	Shout, yell	ELV
Collāre, collāris, n.	Collar	
Collum, collī, n.	Neck	ELV
Cōnsul, cōnsulis, m.	Consul	321
Coqua, coquae, f.	Cook (female)	
Crēta, crētae, f.	Chalk	
Cubiculum, cubiculī, n.	Bedroom	
Culīna, culīnae, f.	Kitchen	
Cum	With	10
Cūr	Why	404
Cūrō, cūrāre, cūrāvī, cūrātus	Care for	743

Dictionary Entry	Meaning	DCC/ELV
Dē	Down from, about	46
Decem	Ten	914
Dēdecus, dēdecoris, n.	Shame	
Dēfendō, defendere, defendī, defensus	Defend	653
Dīcō, dīcere, dīxī, dictus	Say, tell	33
Diēs, diēī, m.	Day	54
Difficilis, difficile	Difficult	861
Dō, dare, dedī, datus	Give; *with fidem*, promise	28
Dominus, dominī, m.	Master, enslaver	241
Domus, domūs, f.	House, home	73
Duō, duae, duō	Two	221
Eburōnēs, Eburōnum, m.pl.	Eburones, *a tribe of people who lived in Gaul*	
Edō, edere, ēdī, ēsus	Eat	ELV
Ego, meī	I	11
Ēlēctiō, ēlēctiōnis, f.	Election	
Ēligō, ēligere, ēlēgī, ēlēctus	Elect	942
Emō, emere, ēmī, ēmptus	Buy	ELV
Eō, īre, īvī, itus	Go	97
Et	And	1
Etiam	Even, also	67
Etiamsī	Although, even if	ELV
Euphēmia, Euphēmiae, f.	Euphemia, *mother of Aquilinus*	

Dictionary

Dictionary Entry	Meaning	DCC/ELV
Faciō, facere, fēcī, factus	Do, make	32
Falsus, falsa, falsum	False	633
Familia, familiae, f.	Family, household	943
Fēmina, fēminae, f.	Woman	501
Ferō, ferre, tulī, lātus	Bring, bear, endure	45
Ferōx, Ferōcis, m.	Ferox, *father of Aquilinus*	
Fidēs, fideī, f.	Trust, faith; *with* dō, make a promise; *with violō*, break a promise	184
Fīlius, fīliī, m.	Son	909
Fingō, fingere, fīnxī, fictus	Imagine	721
Fleō, flēre, flēvī, flētus	Weep	457
Fortasse	Maybe, perhaps	833
Fortis, forte	Strong, brave	286
Fortūna, Fortūnae, f.	Fortune	138
Fortūnātus, fortūnāta, fortūnātum	Fortunate	
Frōns, frontis, f.	Forehead	559
Fugiō, fugere, fūgī, fugitus	Flee, escape	177
Furcifer, furciferī, m.	Scoundrel	
Gallia, Galliae, f.	Gaul	
Gallus, Galla, Gallum	Gallic	ELV
Gallus, Gallī, m.	A Gaul	ELV
Graecus, Graeca, Graecum	Greek	ELV

146

Dominī Sēcrētum

Dictionary Entry	Meaning	DCC/ELV
Grātia, grātiae, f.	Gratitude	380
Habeō, habēre, habuī, habitus	Have, hold	39
Habitō, habitāre, habitāvī, habitātus	Live	ELV
Hic, haec, hoc	This, these	7
Honōrō, honōrāvī, honōrāvī, honōrātus	Honor	
Iam	Now, already; *with nōn*, no longer	34
Īdem, eadem, idem	The same	59
In	In, on	5
Interficio, interficere, interfēcī, interfectus	Kill	699
Invitō, invitāre, invitāvī, invitātus	Invite	ELV
Iō	Hurrah	ELV
Īrātus, īrāta, īrātum	Angry	809
Is, ea, id	He, she, it	13
Iūlius Caesar	Julius Caesar, *Roman general and politician*	
Laetus, laeta, laetum	Happy	262
Legō, legere, lēgī, lectus	Read	419
Līber, lībera, līberum	Free	229
Licet, licēre	It is allowed	175
Magnus, magna, magnum	Big, great	25
Malus, mala, malum	Bad, evil	227
Mārcus, Mārcī, m.,	Marcus, *Salvius' son*	

147

Dictionary Entry	Meaning	DCC/ELV
Mariāna, Mariānae, f.	Mariana, *a slave in Salvius' house*	
Māter, mātris, f.	Mother	127
Memoria, memoriae, f.	Memory; *with teneō*, remember	627
Mendāx, mendācis, m.	Liar	
Metallicus, metallica, metallicum	Metallic	
Metallum, metallī, n.	Mine	
Meus, mea, meum	My, mine	41
Mīles, mīlitis, m.	Soldier	161
Mōmentum, mōmentī, n.	Moment, importance	
Morior, morī, mortuus sum	Die	253
Mox	Soon	469
Multus, multa, multum	Much, many	43
Nāscor, nāscī, nātus sum	Be born	266
-ne	An enclitic indicating a question is being asked	238
Necesse	Necessary	773
Nesciō, nescīre, nescīvī, nescītus	Not know, be ignorant	525
Nīcomēdēs, Nīcōmēdis, m.	Nicomedes, *an educated slave in Valens' House*	
Nihil (nīl)	Nothing	55
Nisi	Except, if not	100

Dictionary Entry	Meaning	DCC/ELV
Nōlō, nōlle, nōluī	Not want, be unwilling	458
Nōn	Not	6
Nōnne	Question word that expects yes as a response	ELV
Nōs	We	51
Noster, nostra, nostrum	Our	52
Novem	Nine	
Nūdus, nūda, nūdum	Naked	545
Numerō, numerāre, numerāvī, numerātus	Count	ELV
Numerus, numerī, m.	Number	338
Numquam	Never	251
Nunc	Now	50
Ōlim	One day	574
Omnis, omne	All, every	18
Pāstor, pastoris, m.	Shepherd	
Pater, patris, m.	Father	71
Pecūlium, peculiī, n.	Savings	
Pecūnia, pecūniae, f.	Money	530
Pellō, pellere, pepulī, pulsus	Strike, beat	563
Pes, pedis, m.	Foot	199
Pictūra, pictūrae, f.	Picture	
Pōnō, pōnere, posuī, positus	Put	102
Possum, posse, potuī	Be able	23

Dictionary

Dictionary Entry	Meaning	DCC/ELV
Prīnceps, prīncipis, m.	Chief, leader	317
Pugnō, pugnāre, pugnāvī, pugnātus	Fight	708
Putō, putāre, putāvī, putātus	Think	166
Quālis, quāle	What sort of	263
Quam	How; than	29
Quandō	When	621
Quantus, quanta, quantum	What amount	311
Quī, quae, quod	Who, which	3
Quia	Because	132
Quis, quid	Who, what	212
Quō	To where	305
Quōmodo	How, in what way	831
Rārus, rāra, rārum	Rare	752
Reclīnō, reclīnāre, reclīnāvī, reclīnātus	Recline	
Referō, referre, retulī, relātus	Refer; *with nīl*, it doesn't matter	171
Removeō, remōvēre, remōvī, remōtus	Remove	
Respondeō, respondēre, respondī, respōnsus	Respond, answer	535
Revocō, revocāre, revocāvī, revocātus	Call back, recall	813
Rideō, ridēre, rīsī, rīsus	Smile, laugh	874
Rīvālis, rīvālis, m.	Rival	

Dictionary Entry	Meaning	DCC/ELV
Rogō, rogāre, rogāvī, rogātus	Ask	551
Rōma, Rōmae, f.	Rome	
Rōmānus, Rōmāna, Rōmanum	Roman	ELV
Rūmor, rūmōris, m.	Rumor	
Salvius, Salviī, m.	Salvius, *a Roman politician who buys Aquilinus*	
Satis	Enough	341
Sāturnālia, Sāturnālium, n.pl.	Saturnalia, *a Roman holiday*	
Sāturnālicius, Sāturnālicia, Sāturnālicium	Saturnalian	
Sāturnus, Sāturnī, m.	Saturn, *a Roman god of agriculture*	
Sciō, scīre, scīre, scītus	Know	172
Scrībō, scrībere, scrīpsī, scriptus	Write	568
Sē	Himself, herself, themselves	17
Sēcrētum, sēcretī, n.	Secret	
Sed	But	20
Semper	Always	149
Senātor, senātōris, m.	Senator	ELV
Serva, servae, f.	Enslaved person, slave (female)	
Servō, servāre, servāvī, servātus	Save	289

Dictionary

Dictionary Entry	Meaning	DCC/ELV
Servus, servi, m.	Enslaved person, slave (male)	496
Sevērus, sevēra, sevērum	Severe	
Sī	If	16
Sīcut	Just like	791
Spectō, spectāre, spectāvī, spectātus	Look at, watch	473
Statua, statuae, f.	Statue	
Statuārius, statuāriī, m.	A statuemaker	
Stultus, stulta, stultum	Foolish	ELV
Subitō	Suddenly	848
Sum, esse, fuī, futūrus	Be	2
Superbus, superba, superbum	Proud	656
Tablīnum, tablīnī, n.	Office, study	
Tam	So	96
Teneō, tenēre, tenuī, tentus	Hold; *with memoria*, remember	106
Timidus, timida, timidum	Fearful	
Titulus, titulī, m.	Title, placard	ELV
Trīclīnium, trīciliniī, n.	Dining room	
Trīstis, trīste	Sad	275
Tū	You	
Tum	Then, next	56
Tunica, tunicae, f.	Tunic	
Tuus, tua, tuum	Your	44

Domini Sēcrētum

Dictionary Entry	Meaning	DCC/ELV
Ubi	Where	92
Ubīque	Everywhere	
Ūnus, ūna, ūnum	One	53
Ut	As, so that	15
Valēns, Valentis, m.	Valens, *a Roman politician*	
Vēnālicius, vēnālīciī, m.	A slave dealer	
Vēndō, vēndere, vēndidī, vēnditus	Sell	ELV
Veniō, venīre, vēnī, ventus	Come	63
Vestigium, vestigiī, n.	Footprint	716
Videō, vidēre, vīdī, vīsus	See	31
Violō, violāre, violāvī, violātus	Violate; *with fidem*, to break a promise	
Vir, virī, m.	Man	85
Vīta, vītae, f.	Life	87
Volō, volle, voluī	Want, wish	66
Vōs	You (plural)	130

Bibliography

Anthonisz, Cornelis. *The Impermanence.* 1537. *Rijksmuseum,* www.rijksmuseum.nl/nl/collectie/RP-P-1887-A-11567.

Apicius. *De Opsoniis et Condimentis.* Amsterdam, J. Waesbergios. 1709. Courtesy of the Richard L. D. & Marjorie J. Morse Department of Special Collections, *Kansas State University Libraries,* www.lib.k-state.edu/depts/sc_rev/rarebooks/cookery/apicius1709.php.

Beatrizet, Nicolas. *Roman Soldiers Fighting Against Dacians, Battle Scene in Shallow Depth with Horses and Horn-Players (After a Bas-Relief on the Arch of Constantine, Rome).* 1553. *The Metropolitan Museum of Art,* www.metmuseum.org/art/collection/search/412504.

Boucher, François. *Young Man Wearing a Beret.* 18th Century. *The Metropolitan Museum of Art,* www.metmuseum.org/art/collection/search/366333.

---. *Young Servant Holding a Dish.* 1713-1770. *Rijksmuseum,* www.rijksmuseum.nl/en/collection/RP-T-1953-194.

Chambre, Jean de la. *Roman Soldier on Horseback.* 1624. *Rijksmuseum,* www.rijksmuseum.nl/nl/collectie/RP-T-00-102#dcId=1584550359948&p=1.

Delaune, Etienne. *Shepherds.* 1540-1583. *The Metropolitan Museum of Art,* www.metmuseum.org/art/collection/search/399355.

della Bella, Stefano. *Head of Woman with Closed Eyes.* 1620-1647. *Rijksmuseum,* www.rijksmuseum.nl/en/collection/RP-P-OB-34.590.

---. *"Plate 1: a Young Man Sitting on a Stone, Facing Left in Profile, Holding a Drawing Pad in his Lap and a Pen in his Left Hand, a Pedestal with Title to Left and Ruins to Right in the Background, Title Page from 'Various Heads and Figures.'* 1650. *The Metropolitan Museum of Art,* www.metmuseum.org/art/collection/search/412246.

Full-length Statue of Marcus Aurelius, Emperor of Rome, Standing Facing Front. 1840-1890. *The Library of Congress,* www.loc.gov/item/98503049/.

"Gold Aureus of Octavian." 39 BCE. *The Metropolitan Museum of Art,* www.metmuseum.org/art/collection/search/246872.

Goltzius, Hendrick. *Horatius Cocles, from the Series The Roman Heroes.* 1586. *The Metropolitan Museum of Art,* www.metmuseum.org/art/collection/search/343571.

Heck, J. G. *Iconographic Encyclopaedia of Science, Literature, and Art, V. 2 (Plates),* R. Garrigue, 1852, doi.org/10.5962/bhl.title.67735.

Bibliography

Lindner, Eddy & Claus. *Young Bibby (George Mehling), Wrestler, from World's Champions, Series 1 (N28) for Allen & Ginter Cigarettes*. 1887. Allen & Ginter. *The Metropolitan Museum of Art*, www.metmuseum.org/art/collection/search/410185.

Master of the Die. *The Triumph of Scipio who Rides on a Horse Followed by Captured Slaves*. 1530-1560. *The Metropolitan Museum of Art*, www.metmuseum.org/art/collection/search/371092.

Mohamed_hassan. *Untitled*. 23 September 2018. *Pixabay*, pixabay.com/photos/spartan-army-sun-dusk-roman-3696073.

OpenClipart-Vectors. *Untitled*. 16 October 2013. *Pixabay*, pixabay.com/vectors/roman-man-eating-dining-history-146317. Accessed 9 March 2020.

---. *Untitled*. 31 January 2017. *Pixabay*, pixabay.com/vectors/aurelius-constantine-2028609/

---. *Untitled*. 1 April 2016. *Pixabay*, pixabay.com/vectors/discus-greece-greek-myron-roman-1299481.

---. *Untitled*. 1 February 2017. *Pixabay*, pixabay.com/vectors/bag-gift-giving-hand-money-2029642/

---. *Untitled*. 7 October 2013. *Pixabay*, pixabay.com/vectors/toga-ancient-roman-clothing-cloak-146983.

---. *Untitled*. 14 October 2013. *Pixabay*, pixabay.com/vectors/face-man-expression-historic-male-151324.

---. *Untitled.* 1 February 2017. *Pixabay,* pixabay.com/vectors/famous-history-orator-people-roman-2029233.

Portrait of a Thin-Faced Bearded Man. 160-180 CE. *The Metropolitan Museum of Art,* www.metmuseum.org/art/collection/search/547856.

Rabax63. *Zoninus Collar.* 13 November 2016. Wikicommons. commons.wikimedia.org/wiki/File:ServusCollare.jpg. *This image is published under the Creative Commons Attribution Share-Alike 4.0 International License, available here* creativecommons.org/licenses/by-sa/4.0/deed.en. This image was converted to greyscale.

Raimondi, Marcantonio. *A Young Man Sitting at Right Resting his Head in his Hand, a Snake with a Womans Head Before Him, a Young Woman Holding a Pan Pipes Standing in the Centre and a Young Man Leaving at Left.* 1510-1520. *The Metropolitan Museum of Art,* www.metmuseum.org/art/collection/search/342656.

Roman Slave Market After a Painting by G.R. Boulanger. 1891. *Die Gartenlaube,* by Ernst Keil's Nachfolger, p. 25. commons.wikimedia.org/wiki/File:Die_Gartenlaube_(1891)_025.jpg.

Sadeler, Raphaël. *Saint Bernard of Clairvaux Is Attacked in his Sleep by an Unchaste Woman.* 1605-1628. *Rijksmuseum,* www.rijksmuseum.nl/nl/collectie/RP-P-OB-7654-3.

Tanjé, Pieter. *Cain Kills Abel.* 1716-1761. *Rijksmuseum,* www.rijksmuseum.nl/nl/collectie/RP-P-1933-85.

Tempesta, Antonio. *Plate 1: Emperor Julius Caesar on Horseback, from 'The First Twelve Roman Caesars.'* 1596.

Bibliography

The Metropolitan Museum of Art, www.metmuseum.org/art/collection/search/400927.

Van Bedaff, Antonis Aloisius Emanuel. *Two Roman Soldiers Fighting With Each Other*. 1797-1829. *Rijksmuseum*, hdl.handle.net/10934/RM0001.collect.76415.

Volckertsz, Dirck. *Fight Between the Ungrateful Servant and a Debtor*. 1554. *Rijksmuseum*, www.rijksmuseum.nl/en/collection/RP-P-1897-A-19656.

Weiditz, Hans. *Cicero in His Study*. 1533. *Rijksmuseum*, www.rijksmuseum.nl/nl/collectie/RP-P-2015-26-463.